La Tienda Secreta

EUGENIO PRADOS

DEDICATORIA

A mi padre.

CAPÍTULO 1

Cuando a Ana le dijeron que Jean-Jacques Faure había muerto, tardó unos segundos en comprender que hablaban de su padre. Hacía más de quince años —desde que ella cumplió los cuatro— que solo había escuchado las sílabas que formaban su nombre dentro de su cabeza. Jean «El Aventurero». Jean «El Intrépido». Jean «El Misterioso». Pero con el paso de los años, y tras su desaparición, también se convirtió en Jean «El Abandona Hogares» y en Jean «El Mal Padre». Pero pese a todo, Ana nunca había perdido la esperanza de volver a verlo.

Solo unos minutos antes de conocer la noticia, se encontraba en la puerta del departamento de Derecho Procesal y Mercantil de la Universidad de Alicante, lista para un nuevo suspenso que adornaría su ya de por si desastroso expediente.

Desde el día que pisó la facultad, supo que aquella carrera no era para ella. La eligió igual que un náufrago se aferra a un tablón de madera en medio de una tempestad. Había escuchado que Derecho era la carrera de las vocaciones perdidas, un lugar en el que, por puro aborrecimiento de leyes y jurisprudencia, la mente se rebelaba y mostraba su verdadera vocación. Pero Ana llevaba ya dos años allí, había cumplido los diecinueve, y no había encontrado nada.

—¡Ana Faure! —dijo una voz; pero ella no la escuchó. Con los auriculares puestos, caminaba nerviosa de un lugar a otro, mientras intentaba recordar lo que había estudiado la noche anterior. En sus oídos resonaba el programa radiofónico de misterio que había descargado esa mañana en su reproductor de música, y del que no había podido disfrutar hasta ahora, porque había pasado las tres últimas noches encerrada en su cuarto estudiando una tonelada de definiciones y conceptos incomprensibles.

—*Esta noche abordaremos un tema de lo más apasionante: los sueños* —dijo la voz del presentador.

Ana no creía en visiones premonitorias, como tampoco en lo extraño, ni en lo sobrenatural; pero le pareció curioso estar escuchando ese programa justo cuando la noche anterior había tenido un sueño de lo más extraño.

En él Ana estaba rodeada por una impenetrable oscuridad. Caminaba en silencio por ella, cuando de pronto escuchó un sonido a sus espaldas, como si algo se aproximara a toda velocidad. Percibiendo el peligro, comenzó a correr presa del pánico en una huida a ninguna parte, en la que se sintió diminuta rodeada por aquella negrura. El sonido entonces se tornó más fuerte y concreto, y Ana se dio cuenta de que lo que oía era el graznido de un pájaro. Uno enorme.

Como en toda buena pesadilla, y tras una larga carrera, Ana cayó al suelo, y sintió cómo el ave se abalanzaba sobre ella. Distinguió su forma: el cuerpo del pájaro no era negro como el de un cuervo, sino que brillaba, igual que si se hubiera tragado un puñado de brasas que hacían arder su estómago. De su pico salía un denso humo que apestaba a azufre y a carne quemada, como si en la naturaleza del ave estuviera el hacerse daño con aquel fuego... y ahora quisiera que ella también lo sintiera. ¿Es un Fénix?, se preguntó Ana justo cuando el pico del pájaro fue directo hacia ella. Se despertó con el corazón acelerado y las manos cubriéndose los ojos.

—¡Ana Faure!— repitió de nuevo la voz, sin éxito.

El calor en el pasillo era insoportable. Ana no hacía más que rascarse las piernas y maldecir por no haberse puesto un pantalón corto en lugar de aquellos vaqueros que se le pegaban a la piel. Sobre la frente llevaba colocadas sus gafas, porque odiaba cómo le quedaban, y llevaba su largo pelo negro recogido en una coleta. Tenía un lunar sobre su ceja derecha y varios pendientes en su oreja izquierda. Sus ojos eran grises. Y llevaba una mochila colgada del hombro, uno de los escasos recuerdos que tenía de su padre.

Un examen oral en pleno mes de Junio. En Alicante. A poco más de diez días de las Hogueras de San Juan. ¿Podía existir una tortura más cruel?

Se lamentó tener apagado su teléfono móvil, pero no quería que su madre la llamara preguntándole si ya había hecho el examen y qué tal le había salido. Aunque sobre todo lamentaba no poder hablar un rato con Erika, su mejor amiga, y que conocía desde la infancia, y desahogarse de todas aquellas preocupaciones que le rondaban.

—¡Ana Faure!

Volvieron a pronunciar su nombre, y las cabezas de varios estudiantes se giraron hacia ella. Notó cómo una mano tocaba su brazo, y el sobresalto que le causó hizo que se le cayeran los auriculares y las gafas al suelo. Se agachó para recogerlos.

—Eres Ana , ¿verdad? —le dijo quien la había tocado, también arrodillado—. Creo que te están llamando.

Ana quiso ver quién le hablaba, pero sin las gafas solo distinguió la silueta de un chico alto y moreno, con un extraño acento.

—Gracias... —dijo ella, y corrió a toda prisa hacia el despacho. No sabía quién era aquel chico. Tenía pinta de estudiantes de Erasmus, y tal vez hoy tenía que hacer el mismo examen que ella, pero no entendía cómo la había conocido, ni por qué sabía su nombre. Antes de entrar, se puso las gafas y fue a mirar en dirección hacia donde él estaba, pero una frase le impidió echar el vistazo.

—Hemos estado a punto de calificarla como no presentada. ¿Es que tiene problemas de audición?

Ana observó a los profesores que formaban el tribunal que la iba a examinar. Estaba compuesto por tres profesores. Dos hombres y una mujer. El que le había hablado, tenía las manos cruzadas sobre la mesa y llevaba puesta una gruesa chaqueta de pana, a pesar del calor. A su derecha, otro hombre con aspecto de búho la miraba fijamente. A la izquierda, una mujer sin expresión parecía analizarla, como si con solo mirarla supiera la nota que iba a sacar en el examen, decimales incluidos.

—Lo siento —dijo Ana, sentándose frente a los profesores y dejando la mochila sobre la mesa. Pensó que lo mejor era acabar con aquello cuanto antes.

Los docentes, sin embargo, decidieron tomárselo con más calma, y se mantuvieron en silencio casi un minuto, hasta que el de la chaqueta de pana, y con el tono más monótono posible, pronunció las dos preguntas que iban a componer la prueba.

—Lección 18: Sociedades de capital: Participaciones sociales y acciones. Lección 20: Modificaciones estructurales. Disolución parcial, disolución, liquidación y extinción de sociedades.

Ana sabía que tenía diez minutos para retirarse hasta otra mesa y hacer un pequeño esquema de lo que iba a explicar, pero no tenía ni idea de qué responder. Pensó en hacer lo que ya había hecho muchas veces: levantarse e irse, añadir un nuevo fracaso y esperar que la vez siguiente corriera mejor suerte. Cosa que tenía por seguro no iba a ocurrir. Abrió la boca para gritar con toda la rabia e impotencia que llevaba dentro que se podían meter aquellas preguntas por donde les cupieran, cuando escuchó una voz pronunciar su nombre.

—¿Ana Faure? —dijo alguien, y no supo si había sido uno de los profesores u otra persona. Parecía que estaba muy solicitada aquella mañana—. ¿Ana Faure, por favor?

Ana se giró y vio a uno de los conserjes de la facultad moviéndose entre los alumnos, mientras repetía su nombre. Se le notaba alterado, y al no encontrarla, metió la cabeza en el despacho. Sudaba como un cerdo. Manchas húmedas surcaban sus sobacos y los pliegues de su ropa, por donde sobresalía una gran barriga. Unos ojos pequeños, camuflados por unas gruesas lentes, miraron hacia los tres profesores.

—¿Está Ana Faure aquí?

—Soy yo —dijo Ana.

El conserje suspiró aliviado.

—¡Oh! ¡Gracias a Dios! ¡Llevo más de una hora buscándote! Tienes que venir conmigo. ¡Rápido!

—¿Ahora?

El profesor de la chaqueta de pana miró con desprecio al conserje. Los otros docentes lo imitaron.

—Joaquín, ¿no se ha dado cuenta de que estamos en mitad de un examen?

El conserje los miró altivo, infló su barriga como un globo y retuvo el aire. La antipatía era mutua.

Ante la falta de respuesta, el profesor agitó una mano, igual que si mandara retirarse a un criado.

—Espere en el pasillo, ¿quiere? Cuando terminemos le avisaremos. —Miró de reojo a Ana y su folio en blanco—. De todos modos, ya estábamos terminando.

El conserje se ajustó las gafas y sus ojos se agrandaron

—Tiene que ser ahora. Voy con mucho retraso. Ya tendrá esta chica tiempo de hacer el examen otro día. Tengo órdenes y debo cumplirlas

—¿Órdenes? Pero ¿de dónde se ha escapado usted, Joaquín? ¿Del ejército? —El profesor rio por la nariz—. Y ¿se puede saber de qué general ha recibido esas órdenes, si puede saberse?

Joaquín colocó los brazos en jarras, logrando que su figura se tornara más oronda de lo que ya era. Mantuvo sus labios cerrados durante varios segundos, degustando la respuesta, hasta que ya no pudo resistir más.

—La rectora —dijo con satisfacción.

—La... rect... —quiso repetir el profesor, fracasando en el intento.

Ante la imprevista pausa en el examen, varios alumnos habían asomado sus cabezas entre las magras carnes del conserje. Todos miraban a Ana.

Incómoda, y a la vez feliz porque aquella visita había llegado justo en el momento adecuado, se levantó con rapidez de la silla y tomó su mochila. Los tres profesores la miraron con el mismo desprecio que al conserje. Como si la juzgaran y le dijeran con un despectivo silencio: «Si te comportas así, nunca llegarás a ser como nosotros.»

Ana no pudo estar más de acuerdo con ellos.

Fue hacia Joaquín, y entre los murmullos del resto de alumnos, lo siguió hasta salir de la facultad.

Cruzaron el Club Social II, y cerca de la biblioteca, Joaquín y Ana entraron en el edificio donde se encontraba el rectorado.

—¿Señora Vargas? —dijo el conserje tras dar dos golpecitos en la puerta del despacho—. Ana Faure está aquí.

—¿Quién? —preguntó una voz desde el interior.

—Ana Faur... La chica que me mandó buscar.

Ni Ana ni el conserje oyeron nada.

—Ah, sí —escucharon finalmente—... Que pase...

El conserje abrió la puerta y con delicadeza invitó a Ana a pasar.

—Gracias, Joaquín —dijo la rectora sin levantar la vista de los papeles que tenía sobre el escritorio—. Ahora déjenos a solas, por favor.

El conserje suspiró decepcionado. Nadie apreciaba su trabajo. Cerró despacio la puerta.

Ana se situó frente a la rectora, alarmada por la velocidad con la que latía su corazón; mucho más rápido que durante el examen del que se había librado. La mujer seguía buscando algo entre un montón de folios y carpetas. Movió un dedo en el aire y señaló una silla. Su voz era cavernosa, de fumadora empedernida.

—Siéntate Ángeles... Digo..., Ana...

Ana obedeció y aprovechó para observar mejor a la rectora. Nunca la había visto. Ni siquiera sabía que era una mujer. «Victoria Vargas», leyó en una placa colocada sobre el escritorio. Bien entrada en los cincuenta, tenía una cara delgada y angulosa que le recordó a la de su madre. Era rubia teñida, ataviada con un caro traje que dejaba al aire sus hombros, y una falda corta por la cual sobresalían dos finas piernas, tostadas a conciencia bajo el sol o los rayos UVA. Tenía los ojos atravesados por patas de gallo y una sonrisa con la que puntuaba cada frase que pronunciaba, viniera a cuento o no.

Victoria Vargas dio finalmente con lo que buscaba: un *post-it* donde había apuntado unas líneas, entre las que Ana intuyó su nombre. La rectora al fin se decidió a mirarla.

—Ana, cariño —le dijo—, ¿por qué tienes el móvil desenchufado?

—¿Cómo?

—Llevamos intentando localizarte toda la mañana. Joaquín no ha hecho otra cosa que ir de aquí para allá, preguntando a cada profesor y a cada alumno por ti, pero nadie conocía a una tal Ana... —Hizo una pausa—. ¿Cómo sería la forma correcta de pronunciar tu apellido? ¿*Fo-gué*?

Desde niña, Ana estaba tan acostumbrada a que lo pronunciaran mal, que en el fondo casi prefería que la gente lo dijera tal y como sonaba en castellano —*Fa-u-ré*, con acento en la última sílaba—, que dárselas de experto en francés y acabar con un horrible *Faugué, Foiré* o similares.

—Más o menos —dijo a modo de cumplido.

La rectora sonrió.

—Isabel, tu madre, te ha llamado una docena de veces y no le has contestado.

—Sí. Verá, tenía un examen y...

—Y al no localizarte ha llamado a la universidad —le interrumpió la rectora—. Varias veces

—Pero ¿de qué se trata? ¿Ha ocurrido algo?

La rectora ladeó su mano derecha a un lado y a otro. Más o menos. Y la sonrisa con la que acompañó el gesto dejó todavía más preocupada a Ana. Luego Victoria Vargas miró por última vez el *post-it*, y con la punta de una de sus uñas, pintada de rojo brillante, lo apartó a un lado. Carraspeó un par de veces, y con un mal acento francés dijo:

—Jean-Jacques Faure.

Ana quedó paralizada al escuchar ese nombre.

—¿Lo he pronunciado bien? —dijo la rectora con otra sonrisilla.

— ¿Qué le pasa a esa persona? ¿Está bien? —dijo Ana con un hilo de voz—.

La rectora contestó de forma aséptica. Mecánica. Administrativa.

—Siento comunicarte que ha fallecido. —Y otro atisbo de sonrisa surgió en su cara, deteniéndolo en el momento exacto, antes de que se volviera grotesco—. Por eso nos ha llamado tu madre.

—Mi padre... ¿ha muerto?

—Eso es —dijo la rectora, como si Ana le hubiera preguntado si hacía calor—. Pero por el tono de voz de tu madre me ha dado la impresión de que no era alguien que viviera con vosotras. Habló de él como si fuera un desconocido.

—Mi madre siempre lo ha odiado —dijo Ana de forma seca para hacer callar a la rectora y asimilar lo que acababa de escuchar.

—No me extraña que lo odie... O lo odiara. Os abandonó cuando eras una cría.

—¿Le ha contado eso mi madre?

La sonrisa permanecía siempre anclada en los labios de Victoria Vargas, como si en cualquier momento fueran a hacerle una foto.

—Por lo poco que me ha explicado, parece que era un pieza de cuidado. Su trabajo le obligaba a estar siempre fuera de casa. Hasta que un día se fue y ya no volvió. ¿En qué trabajaba, exactamente?

—Tenía una tienda de antigüedades —respondió

Ana de forma automática. Esa era la respuesta que había inventado siendo niña cuando quería explicarse las continuas ausencias de su padre. Papá estaba muy ocupado con la tienda y no podía atenderla.

—Hum. Exmaridos —dijo la rectora poniendo los ojos en blanco—... Sé muy bien cómo son los de su clase.

Acto seguido calló, como si se hubiera dado cuenta de que aquella información no era necesaria. Ensanchó su boca.

—Ángeles..., querida... Perdón..., Ana. Tienes que saber que estamos aquí para lo que necesites. En esta universidad no solo formamos a los hombres y mujeres del mañana, sino que también nos preocupamos por las necesidades de sus alumnos en el presente. Los protegemos y cuidamos.

Escuchar aquella nueva falsedad fue el colmo para Ana.

—¿Nunca borra esa estúpida sonrisa de la cara?

La rectora la oyó, pero fingió no haberlo hecho.

—¿Cómo dices, cariño?

—Que por lo menos podría guardar esa mueca de estar encantada de conocerse para cuando me haya ido. Entonces podrá soltar un suspiro por haberse quitado el marrón de encima. Porque eso es lo que soy ¿verdad? Qué mala suerte el haber tenido que contarle a una alumna que su padre ha muerto. ¡Como si le importara algo!

Victoria Vargas se pasó el dedo meñique por la comisura de los labios y se quitó un exceso de carmín.

—Querida, después de hablar un rato con tu madre solo me ha quedado clara una cosa: tu padre es,

13

era y será alguien por el que no vale la pena verter ni una lágrima.

La rabia inundó a Ana. Pensó que era el momento perfecto para decirle cuatro cosas a aquella mujer que, sin ningún miramiento, había decidido juzgarla a ella, y peor aún, a su padre. Quería armar un escándalo y que la expulsaran de la universidad. No podía imaginar un regalo mejor.

Dio un paso al frente, cuando alguien llamó a la puerta. Era Joaquín.

Ana no lo miró. Solo tenía ojos para la rectora. Quería absorber toda la hipocresía que había en ella.

La rectora le devolvió la mirada. La visita del conserje era justo lo que esperaba. Significaba que iba a confirmarle algo que antes habían hablado. Sería su pequeña victoria sobre aquella mocosa con ínfulas. Una alumna mala e insignificante. Dejó que Joaquín hablara.

—La madre de la chica está aquí.

La sonrisa de la rectora se mostró en todo su esplendor. Con unas piernas iguales a las patas de un flamenco, se levantó y volvió a hacer uso de su archivo de frases hechas.

—Reitero de nuevo mis condolencias, cariño. Nos tienes aquí para lo que necesites.

Ana se mordió con fuerza el labio cuando Victoria Vargas le colocó la mano sobre el brazo y le dio unas palmaditas de despedida.

Un segundo después, estaba fuera del despacho.

En el pasillo, una figura se recortaba contra el fulgurante sol que entraba a través de un ventanal. Estaba muy quieta, con un bolso en una mano y en la otra un pañuelo de tela. Ana quiso comprobar el estado de ánimo de aquella persona, pero siempre le había sido difícil descifrarlo.

—Mamá... —dijo con ganas de apartar la frialdad que siempre las envolvía a las dos, lanzarse hacia ella y abrazarla.

Pero la mujer no se movió. Esperó a que Ana detuviera su impulso.

—Vamos —dijo—. Tengo el coche mal aparcado.

Y girando sobre sus tacones se dirigió hacia la salida.

Ana quedó con los brazos extendidos en el aire. El ambiente cálido y pegajoso se introdujo por cada poro de su piel. Buscando algún resquicio de amabilidad, se volvió esperando encontrar de nuevo la figura de Joaquín. Pero ya no estaba allí.

Entonces, ante aquel corredor vacío, sintió algo que no acabó de comprender: la sensación de que la vigilaban. Como si incluso antes de saber de la muerte de su padre todas las miradas se hubieran puesto sobre ella. Y como si el velo que había rodeado la vida de Jean-Jacques Faure durante todo este tiempo comenzara a resquebrajarse.

¿Podría saber ahora cómo había sido su vida? ¿En qué consistía realmente su trabajo? ¿Los motivos de su desaparición? ¿Por qué un día la abandonó?

Ana deseaba saber todo aquello, pero en ese momento no fue consciente de que con el último aliento de Jean-Jacques Faure una nueva vida comenzaba para ella.

CAPÍTULO 2

—¿Qué tal ha ido el examen? —preguntó su madre sin despegar la vista de la carretera.

Llevaban varios minutos en silencio. Ana con los auriculares puestos y el sonido al máximo. Había encendido su móvil, y junto a las decenas de llamadas perdidas de su madre, apareció un mensaje de Erika.

¡Guapa! Estás hoy en la uni? Dime dónde y te busco.

Erika era la única persona a la que deseaba ver. Amigas desde la guardería, habían sido siempre inseparables, incluso ahora, cuando cada una estudiaba carreras distintas en ciudades diferentes, pero donde todas las semanas encontraban un hueco para verse y hablar. Ana no sabía cómo contarle que el padre del que no sabía nada desde hacía más de quince años había dejado de existir.

—¡Ana, por favor!

Sus pensamientos quedaron interrumpidos por la

voz de su madre, que pronunció su nombre con la fuerza suficiente para llegarle a través de los auriculares. Se quitó uno de la oreja.

—¿Qué?

—El examen de hoy. ¿Te han dicho la nota?

Ana no tenía ganas de explicar todo lo que había sucedido en la prueba, ni su encuentro con la rectora.

—He suspendido. En realidad, ni me he presentado. ¿Sorprendida?

Isabel sujetó con fuerza el volante.

—Llevas dos años en Derecho, y en cada curso las notas han sido peores que el anterior. Todavía tienes asignaturas pendientes de primero. ¿Crees que puedes seguir así eternamente?

—Mamá...

—No, y no empieces con la excusa de que «Esta carrera no me gusta». Aunque yo también la estudié, nadie te obligó a elegirla. Tu nota de selectividad era buena y podrías haber escogido cualquier otra. Pero elegiste esta, y ahora te toca aguantarte. ¿Sabes lo que cuesta cada crédito? Aún te crees que eres una niña y que el futuro es una cosa que nunca va a llegar. Que vas a poder estar siempre viviendo como hasta ahora: en casa, con el plato de comida puesto en la mesa, sin dar un palo al agua, y solo leyendo, viendo series y jugando a videojuegos. ¿Eso es un porvenir? ¿Es ahí donde quieres estar dentro de diez años? ¿De veinte? ¿De...?

Con las orejas rojas por el enfado, Ana se arrancó de un tirón el otro auricular.

—¿De verdad vamos a hablar de esto precisamente hoy?

—Hay que hablar de todo —respondió Isabel—. Porque todo gira alrededor de tu futuro y lo último quiero es que...

—¡Papá ha muerto! —gritó Ana.

En lugar de pisar el freno, Isabel apretó el acelerador y el coche se saltó el semáforo en rojo en el que tenían que haberse detenido. Un coche que iba detrás de ellas hizo lo mismo, y una ola de pitidos e insultos se dirigieron a ambos.

La cara de Isabel estaba descompuesta por el susto y por lo que su hija había dicho.

—Ni se te ocurra llamar padre a ese... hombre —le contestó—. Te lo he explicado mil veces. Él nunca ejerció como tal. Era alguien frío, despreocupado e irresponsable. Siempre en uno de esos largos e imprevistos viajes, donde se olvidaba de nosotras.

—Eso no es lo que recuerdo de él.

—Tú no puedes recordar nada, porque tenías cuatro años cuando se largó sin dar ninguna explicación. Y cualquier cosa que pienses que recuerdas de él, lo más seguro es que te la hayas inventado.

—Que a ti no te haya importado nunca su persona no significa que los demás tengamos que pensar lo mismo.

—¿Que no...? —Isabel alargó una mano hasta el salpicadero y le mostró a Ana el pañuelo de tela con el que la había visto antes—. Esto está lleno de lágrimas, ¿sabes? ¿O te crees que ha sido sencillo cuando han llamado a casa y me han dicho que Jean había muerto?

«Jean» era la forma más educada que tenía la madre de Ana de referirse a su padre.

—¿Quién ha llamado?

—La policía francesa.

—¿Francesa? ¿Qué te han contado? ¿Cómo ha ocurrido todo?

—No me han dicho gran cosa. Solo que un tal Jean-Jacques Faure había fallecido, y que al buscar a sus familiares habían dado con nuestro número de teléfono. —Isabel hizo una pausa—. Al parecer, Jean lo tenía guardado en su cartera.

Un padre que abandona sin más a su familia, y que quince años más tarde es encontrado muerto con el número de quienes había repudiado cerca. Ana no le encontró sentido a aquello.

A mitad de camino de su casa, se fijó que el coche que se había saltado el semáforo junto a ellas permanecía todavía detrás suya. Un Audi de color negro, que imitaba cada movimiento y giro que hacían.

—Entonces todo este tiempo ha vivido en Francia —murmuró Ana—. Tan cerca...

—Creo que ha sido pura casualidad que lo encontraran allí. Jean no podía permanecer demasiado tiempo en el mismo sitio. Ni rodeado de la misma gente.

—¿En qué parte de Francia lo han encontrado?

Isabel tardó un par de segundos en responder.

—Nyons.

—¿Papá no vivía antes ahí?

La madre de Ana apretó los labios.

—No. Nunca —respondió.

Y un silencio volvió a establecerse entre ellas. Ana miró de nuevo el coche que tenían detrás. Seguía allí. Intentó ver la cara del conductor, pero el sol se reflejaba en los cristales, impidiéndoselo. Aquel vehículo empezó a inquietarla.

—¿Papá tenía enemigos? —preguntó, echando otro vistazo por el retrovisor.

—Demasiados amigos, querrás decir —respondió su madre—. Los tenía hasta en el infierno. Era capaz de congraciarse con cualquiera con solo un par de frases. Seducía a la gente. Les decía aquello que querían oír, y lo utilizaba en su beneficio. Cuando lo conocí, supe que terminaría convirtiéndome en una de sus víctimas.

—No has respondido a mi pregunta.

—Es que no sé a qué te refieres. ¿Qué quieres decir con que si Jean tenía enemigos?

—En que si los tenía o no.

—Claro que no.

—¿Estás segura?

Isabel se giró y miró a su hija. Estaba muy seria, con el ceño fruncido y los labios apretados. Soltó una carcajada.

—¿Por qué pones esa cara tan intensa, hija? ¿Qué estás pensando? —Observó el reproductor de música de Ana—. Tienes que dejar de oír esos programas de misterio. Están consiguiendo que tengas el cerebro aún más en las nubes de lo que ya lo tienes.

Doblaron en una esquina, la última antes de llegar a su casa, y el Audi negro, tras reducir un poco la velocidad, también giró. Con la respiración contenida, Ana señaló el primer hueco que encontró.

—Aparca ahí.

—Iba a dejarlo en el garaje.

—No, no, mejor ahí, en ese hueco.

El Audi siguió aproximándose a ellas. Ana vislumbró la forma de una silueta en su interior.

—¡Joder, mamá, para el coche! ¡Ya!

Su madre dio un frenazo que hizo que las dos salieran despedidas hacia adelante, salvándose de un doloroso golpe tan solo por el cinturón de seguridad.

—¿Cómo me hablas en ese tono?

Ana no respondió. Solo observaba a aquel coche que, por casualidad o no, las había seguido desde la universidad. Al detenerse de golpe, el Audi también lo había hecho.

—Te estoy hablando, Ana.

¿Qué hacía ese vehículo ahí? ¿Por qué no se movía? ¿Y si se bajaba el conductor? ¿Estaban en peligro?

El motor del Audi rugió y Ana notó cómo el coche se acercaba a ellas a gran velocidad. Por un momento pensó que las iba a embestir. No había hueco suficiente en la calle para los dos coches. El vehículo de pronto giró a la izquierda, se subió al bordillo y pasó por delante sin que Ana pudiera distinguir nada salvo el humo del tubo de escape y parte del número de una matrícula: «237». Después cambió de marcha, y acelerando aún más desapareció hasta perderse de vista por completo.

—Mamá, ¿has visto...? —dijo Ana presa de los nervios, sin entender el significado de lo que acababa de ocurrir. En ese instante sintió un repentino y doloroso calor en la mejilla.

—¡No vuelvas a hablarme así en tu vida! ¿Me entiendes? —gritó su madre con la mano aún en el aire—.

El hormigueo provocado por el bofetón hizo que

los ojos de Ana se enrojecieran de rabia, pero sin que ninguna lágrima asomara en ellos.

—Te seguiré hablando así hasta que me cuentes toda la verdad sobre papá.

Los ojos de su madre bailaban angustiados dentro de las cuencas.

—Ya te lo he contado todo.

—¡Mentira! ¿Qué le ha pasado? Quiero saber la causa de su muerte. ¿Ha sido una enfermedad? ¿Un accidente? ¿Qué?

Isabel entrelazó sus manos. Un mechón de pelo le caía sobre la frente, pegado a ella a causa del sudor.

—Jean... Tu padre...

—¿Qué, mamá? ¿Cómo ha muerto?

Isabel cerró los ojos.

—A tu padre...

—¡Dímelo! ¡Necesito saberlo!

Su madre reunió todas las fuerzas de las que fue capaz.

—Ana, a tu padre... lo han asesinado.

Al llegar a su casa, Ana corrió hasta su habitación y se encerró en ella dando un portazo. La furia la invadió. Si no le hubiera insistido, se dijo, su madre jamás le habría dicho la forma en que murió su padre.

Escuchó cómo Isabel descolgaba el teléfono, marcaba un número y hablaba con alguien en francés. Ana se sorprendió con la fluidez y el perfecto acento con que se expresaba. Sabía que lo había aprendido gracias a Jean, pero como todas las cosas que compartieron hasta el día que se fue, había quedado vetado para siempre en aquella casa. Ana no lo aprendió, aunque escuchando a su madre entendió algunos términos: «Repatriación». «Traslado de cuerpo». «Documentos». «Firmas». Pensó Ana que no había pasado ni una hora desde que sabía la noticia y su padre ya empezaba a convertirse en un mero trámite burocrático. Un pedazo de carne del que había que deshacerse lo más rápido posible, ya fuera en Francia o en España.

Observó su cuarto y comprobó que era un reflejo del resto de la casa. Con el paso de los años, todo rastro de su padre había sido eliminado. No existían fotografías suyas. Tampoco ropa dentro de los armarios. Solo unos pocos libros de los miles que llegó a tener distribuidos por cada rincón sobrevivían. Ana se recordaba ojeándolos siendo niña, y la sensación de fascinación que le provocaban. Eran libros sobre brujas, demonios, amuletos, leyendas y supersticiones. Recordaba sobre todo el nombre de uno: *Enciclopedia de las cosas que nunca existieron* de Michael Page. También los había sobre historia del arte, biografías de pintores, tasación de antigüedades, y hasta manuales de dibujo. Decenas de temas que se mezclaban unos con otros y que hacían que en la pequeña cabeza de Ana surgiera siempre la misma pregunta: ¿A qué se dedicaba su padre?

La multitud de cuadros que colgaban de las paredes —grabados renacentistas, en su mayoría, algunos óleos— le hacía pensar que era marchante de arte, ayudante de un museo o director de una casa de subastas. Pero la mezcla de arte con temas fantásticos y sobrenaturales nunca terminaba de encajarle. Y los viajes. Nada la confundía más que sus constantes viajes.

Si había una imagen que Ana recordaba de su padre era él agarrado a una maleta, despidiéndose, y con un billete de tren, avión o barco sobresaliendo por uno de los bolsillos. Aquello entristecía a Ana, a la vez que disparaba su imaginación. ¿Y si su trabajo era una tapadera? ¿Y si en realidad era un falsificador de arte? ¿O un estafador? ¿Y si trabajaba robando cuadros, vendiéndolos luego al mejor postor? Los silencios de su madre cuando Ana le preguntaba sobre aquello no hacían más que aumentar aquellas ideas. Isabel nunca tenía buenas palabras sobre él. Le reprochaba que vivía fuera de la realidad. Que le daban pánico las responsabilidades con su mujer y su hija, y que prefería huir a afrontarlas. Pero Ana no estaba de acuerdo: sabía que el tiempo que pasaba con él era escaso, pero nunca se sintió abandonada. Lo sentía cercano y cariñoso. Lo que hizo que su huida se tornara más dolorosa e incomprensible.

Ahora Ana y su madre vivían como podían. Isabel, tras unos años trabajando como ayudante en una notaría, la habían despedido, y su único deseo era que Ana llegara más lejos que ella y creara su propio bufete. Mientras tanto, iban tirando vendiendo los cuadros que Jean traía de sus viajes, los cuales fue la propia Ana quien descubrió que eran valiosos, gracias a ojear un viejo catálogo que su padre guardaba, y que evitó que su madre los regalara o los tirara a la basura, con todo lo demás.

Mientras le daba vueltas a aquello, Ana se dio cuenta de que su madre había dejado de hablar por teléfono. Deseosa de saber nuevos datos, fue a su encuentro.

—¿Qué te han dicho?

Su madre dio un respingo al oírla. Estaba en la cocina, sentada en la pequeña mesa donde desayunaban, junto al ordenador portátil. Con disimulo, bajó la pantalla hasta casi cerrarlo.

—¿Se sabe algo más? ¿Tienen alguna pista? ¿Algún sospechoso?

—No —dijo Isabel y salió de la cocina.

Ana la siguió. En el salón, su madre encendió la impresora y esperó a que se cargara un documento que había enviado desde el portátil.

—¿Y su cuerpo? —siguió indagando Ana—. ¿Dónde está? ¿Cuándo lo podremos traer?

—El traslado de Jean va a ser complicado. Mucho papeleo. Esto no puede hacerse de un día para otro.

—Eso ya lo sé.

Isabel se volvió hacia la impresora, dando la espalda a su hija.

—Jean siempre ha sabido elegir los peores momentos para todo. Incluso para morirse. —Se detuvo. Era mejor no seguir por ese camino—. Lo único que me han contado es que mientras la investigación siga abierta no podremos disponer de su cuerpo. Tenemos que esperar a que le hagan la autopsia, en Nyons.

Un folio salió de la impresora. Isabel lo tomó y se encaminó hacia su dormitorio.

Ana no la perdió de vista ni un segundo.

Quitándose los zapatos y subiéndose a la cama de matrimonio, su madre alcanzó una maleta que había en la parte superior del armario.

—Según la policía, no hubo ningún testigo del crimen —dijo abriendo la maleta y metiendo ropa en su interior—. Su cuerpo fue encontrado a las cinco de la mañana por una mujer que regenta una panadería.

—¿Lo encontró en la calle?

Su madre negó con la cabeza.

—Bajo el puente de Nyons. La mujer lo descubrió mientras lo cruzaba de camino para abrir su tienda. Bajó hasta la orilla. Al principio, pensó que estaba vivo, pero cuando le dio la vuelta, descubrió que tenía un agujero en el costado. Estaba aún caliente, pero no tenía pulso. Eso le hizo pensar que el asesino podía estar cerca, y asustada fue directa a la comisaría. El gendarme con el que he hablado me ha dicho que estaba tan nerviosa que, tras prestar declaración, sus hijos se la han llevado del pueblo para que descanse unos días. Cree que el asesino todavía está allí.

Ana no podía creer que estuviera hablando con su madre de aquellas cosas. Escena del crimen. Hora de la muerte. Policía. Testigos. No entendería nada de todo eso hasta que lo viera con sus propios ojos.

—Espera, mamá —dijo dirigiéndose hacia su habitación—. En un minuto estoy lista.

En su cuarto tomó la mochila, y dándole la vuelta, la vació de todos los libros y apuntes que allí acumulaba. Aquella imagen le produjo una profunda satisfacción. La llenó con unos pantalones vaqueros, unas cuantas camisetas y otro par de zapatillas. No necesitaba nada más.

—¿Qué haces, Ana? —dijo su madre en el umbral de la puerta.

—Preparar mis cosas. ¿Vamos a ir en tren o en avión? —contestó. Pero al girarse, vio a su madre con la maleta y un billete en la mano. Uno solo.

—Tú no vienes.

—¿Cómo?

—Tienes un examen dentro de dos días, ¿recuerdas? Introducción al Derecho Procesal.

Mierda. El examen. Ana lo había olvidado por completo. Veinticuatro temas. De nuevo oral. Pero ¿quién iba a ser tan idiota como para ponerse a estudiar, con todo lo que estaba sucediendo?

—Si piensas que voy a quedarme aquí sin ver a mi padre estás muy equivocada.

—Y tú estás aún más equivocada si crees que podrás escaquearte de tus responsabilidades, como haces siempre. No voy a Nyons de turismo, sino para arreglar todo el papeleo. Y para eso es necesaria mi firma.

—Necesito verlo. No puedo esperar hasta que lo repatríen.

—¿Repatríen?

El corazón de Ana quedó congelado. Ahora lo entendía todo.

—No piensas traerlo de vuelta...

Su madre tomó la maleta.

—Repatriar un cuerpo no es solo meterlo en una caja y traerlo. Cuesta dinero. Cosa que no tenemos.

—Pues vende uno de los cuadros de papá.

—Ya no queda nada de valor en esta casa. Todo se ha malgastado en tu educación. En los años de... —Isabel giró su muñeca y miró el reloj—. No tengo tiempo para discutir. El tren sale en menos de una hora. Tengo que irme.

Ana miró desafiante a su madre. Esta vez no iba a obedecer sin más. Iba a luchar por lo que creía correcto. Por las buenas o por las malas. Pero quedó paralizada cuando su madre no la miró enfadada, sino con compasión. Incluso con pena. Eso la desarmó.

—Algún día me darás las gracias por esto —le dijo como despedida.

Caminó hacia la salida de la casa y las ruedas de la maleta resonaron por el pasillo. Abrió la puerta, hubo un segundo de silencio, y después se cerró.

—Estúpida, egoísta, manipuladora, mentirosa... —exclamó Ana, tomando su mochila y lanzándola contra la pared.

¿Qué debía hacer? ¿Solo esperar? Corrió hasta el balcón y se asomó buscando a su madre. ¿Qué esperaba que sucediera? ¿Que en el último segundo su madre se arrepintiera y cambiara de opinión? Un minuto después la vio salir del garaje. Sin la más mínima duda en su trayectoria, giró y se adentró en la Avenida de Novelda, de camino hacia el centro y la estación de tren.

Abatida, Ana se apoyó en la barandilla.

—Papá... —murmuró en forma de súplica.

Entonces escuchó el ruido de otro motor. Provenía de una calle paralela, y enseguida el sonido se materializó en un coche que cruzó frente a su portal y que realizó el mismo recorrido que acababa de hacer su madre.

—No puede ser.

Era el Audi de color negro. El coche que, ya no tenía ninguna duda, las había estado siguiendo. Y ahora iba tras su madre. ¿Con qué propósito? No tenía tiempo para averiguarlo.

Abrió el ordenador portátil de la cocina para ver el tipo de billete que había comprado su madre, cuando sonó su teléfono móvil.

—¿Mamá? —dijo de forma automática.

—¿Ana?

Esa no era la voz de su madre.

—¿Erika?

—¡Cacho perra! ¿Tan voz de vieja tengo que la confundes con la de tu madre? —dijo Erika—. Te llevo escribiendo toda la mañana y ni caso. ¿Hoy no estabas en la universidad por culpa de un examen?

Alegría y desesperación se mezclaron en Ana al oír a su amiga.

—Sí, pero ya estoy en casa.

—¿Tan mal ha salido?

—Horrible.

Ana activó el manos libres y tecleó en el portátil la dirección de la web de Renfe. Buscó viajes con destino a Nyons.

—¿Y ahora qué estás haciendo? —preguntó Erika—. ¿Podemos vernos? Yo estoy en el centro y había pensado...

—Ahora es imposible —suspiró Ana. No sabía cómo contarle a Erika lo que sucedía—. Oye, futura psicóloga, tú ayer también tuviste un examen ¿verdad? ¿Qué tal fue?

Estaba segura de que Erika encontraría extraña aquella pregunta, De los estudios era de lo último de lo que hablaban.

—Eh..., bien... —contestó Erika—.

—Pero cuéntame. ¿Las preguntas fueron muy difíciles?

Ana aprovechó el desconcierto de su amiga para analizar los resultados de la búsqueda. No había viajes directos de Alicante a Nyons. ¿Cuál era el que iba a tomar su madre?

—Ana...

—Sí, sí. Te escucho.

Encontró un viaje que parecía el más rápido. Uno con transbordo en Barcelona que la llevaría hasta Avignon, y desde allí solo tendría que tomar un autobús hasta Nyons. Miró la hora de salida, la duración y el precio. 11:09 de la mañana. 11 horas de viaje. 161,60€.

—¡Y de dónde saco yo ese dinero! —exclamó.

Desde el otro lado de la línea escuchó la respiración de Erika.

—¿Ana?

—¿Sí? —dijo disimulando—.

—Dime ahora mismo qué está pasando.

Estaba claro que no podía engañarla. Desactivó el manos libres. No sabía qué contarle primero y se decidió por lo que le pareció más urgente.

—Erika, creo que mi madre está en peligro.

—¿Por qué dices eso?

—Verás, a mi padre, a Jean... Lo han encontrado muerto en Francia.

Erika conoció al padre de Ana. Las dos tenían prácticamente la misma edad cuando Jean desapareció, pero el hecho de que Erika fuera unos meses mayor, creaba la paradoja de que algunos recuerdos que tenía de él fueran más claros y precisos que los de su propia hija. Siempre lo recordaba como aquel señor que la ayudaba a subir al tobogán y que le daba impulso en los columpios y la hacía subir más alto que a los demás niños. Y sabía lo que su figura siempre había significado para Ana.

—Tu madre seguro que se ha alegrado al saberlo —le dijo.

—Ella está ahora en la estación. Va a coger un tren a Avignon. El cuerpo de mi padre está en un pueblo cercano, Nyons. Pero ella...

—No hace falta que me lo expliques. Me imagino lo que te habrá dicho: que tienes que quedarte para estudiar. Pero hay una cosa que no entiendo, ¿por qué has dicho que estaba en peligro?

—Un coche nos ha seguido desde la universidad hasta casa. Un Audi de color negro. Y ahora ese mismo coche está siguiendo a mi madre hasta la estación. —Sintió que le estaba describiendo a Erika una historia difícil de creer—. Y antes de que me digas nada: sí, estoy segura de lo que he visto. Y no, por mucho que odie a mi madre no voy a dejar que le pase nada malo.

—Vale, vale. Te creo. Y seguro que también piensas que esa persona tomará el mismo tren que ella, ¿no? Pero ¿qué tiene que ver todo esto con tu padre?

—La muerte de Jean no ha sido... natural.

Escuchar eso fue suficiente para Erika.

—¿Qué puedo hacer por ti?

—Necesito subir a ese tren, pero no tengo el dinero suficiente para el billete.

—Yo te lo presto. Te hago una transferencia y...

—Imposible. Necesito el dinero ahora.

—Joder... —Ana podía sentir a las neuronas de Erika trabajar—. Tenemos el tiempo justo, pero creo que podemos hacer una cosa: compraré el billete en tu lugar. Estoy a cinco minutos de la estación. Tú mientras súbete en el primer autobús que lleve al centro y ven cagando leches hacia aquí. Si tienes suerte, llegarás a la estación cinco o seis minutos antes de que salga el tren.

—No sé si podré —dudó Ana.

—Si no te mueves seguro que no. Te espero en la entrada de la estación. ¡Adiós!

Cuando quedaban un par de paradas para llegar a su destino, Ana tuvo que bajar del autobús, porque de otro modo le hubiera sido imposible llegar a la estación a causa del tráfico. Jadeando, llevaba la mochila a cuestas y su coleta se había soltado, cubriéndole el pelo los ojos. Llegó a la estación y miró en todas direcciones, pero no vio a Erika. Ella le había dicho que la esperaría en la entrada...

—¡Miriam! —dijo una voz a su lado—. ¡Miriam, querida! ¿Tú por Alicante? ¡Qué sorpresa!

Unos brazos rodearon su cuello.

—Chica, lo último que sabía de ti es que te habías ido a trabajar a Alemania, y que te iba muy bien —continuó la voz—. Buen empleo. Sueldazo. Novio alemán.

Ana se giró.

—¿Erika?

—Me tienes que contar con detalle todo lo que te ha ocurrido en este tiempo. ¿Cuánto ha pasado? ¿Ocho meses? Hay una cafetería en la estación. Nos sentamos y hablamos, ¿vale? Invito yo.

Las dos subieron las escaleras que llevaban al interior. Allí, Erika empujó a Ana y las dos quedaron escondidas detrás de una columna.

—¿Qué haces, Erika?

Ana observó su cara, y a pesar de la preocupación que la invadía, se alegró de verla allí.

Erika tenía el pelo rubio y muy corto, rapado en la zona del cuello y más largo en la parte superior, acabando en un remolino que era como una ola a punto de romper. Con una cara fina y dulce, pero de mirada incisiva. Vestida con pantalones cortos, sandalias y una camiseta de tirantes blanca, y con una sonrisa que era un estallido de luz que siempre había guiado a Ana en los momentos más difíciles. Erika se llevó un dedo a los labios para que guardara silencio y le dijo:

—Date la vuelta y mira hacia los coches que hay aparcados en la entrada. Hazlo con disimulo. Dime qué ves.

Ana observó una fila de seis vehículos. Aquel lugar era utilizado normalmente para esperar la llegada de algún familiar o despedirse de uno que partía. Un sitio de paso donde cada coche no permanecía allí más que unos pocos minutos, por miedo a que apareciera la policía y los multase. Todos salvo un Audi negro, que con el motor apagado y sin conductor estaba aparcado junto a los demás.

—Dime que estoy loca —le pidió Erika—. Dime que me has contagiado tu paranoia y que ese no es el que coche que os ha estado siguiendo.

Ana sacó sus gafas de la mochila y observó el

número de matrícula.

—Es el mismo —le confirmó.

Erika sintió un escalofrío.

—¿Has llegado a ver al conductor? —preguntó Ana—. ¿Ha entrado en la estación?

—No lo sé. Cuando he llegado ya estaba aquí. Por eso he hecho todo el paripé de amigas que se reencuentran. Por si rondaba por ahí fuera y te veía.

Ahora el escalofrío recorrió a Ana.

—Tengo que ir a por mi madre.

—Vale, pero de ti no me separo.

Erika acompañó a Ana hasta el andén. Las dos intentaron mantener la calma, pero no paraban de mover los ojos a izquierda y derecha. De pronto, todos los pasajeros les parecieron sospechosos.

—No entiendo por qué esa persona nos sigue —dijo Ana.

—Yo creo que está claro.

—¿Claro?

Erika sonrió ante la cara de asombro de Ana.

—Desde el momento en que ha muerto tu padre, te has convertido en heredera de todos sus bienes. Eso es un dato importante.

Ni por un momento Ana se había parado a pensar en esa opción. No sabía qué podía tener Jean como para que alguien estuviera vigilando todos sus movimientos.

Llegaron hasta el escáner, donde ya no había ningún pasajero, porque solo faltaba un minuto para que se cerrara el acceso al tren.

—Gracias por tu ayuda, Erika.

—Nada de gracias. Quiero saber de ti. Espero

recibir mensajes tuyos cada hora, contándome cualquier cosa que ocurra, por pequeña que sea. ¿Te queda claro? No me voy nada tranquila dejándote subir a ese tren.

—Te mantendré informada, prometido. Y gracias de nuevo.

—¡Que te he dicho que no quiero que me des las gracias! —dijo Erika con una sonrisa que inundó su rostro—. ¡Venga, lárgate ya!

Ana subió al tren sin mirar atrás.

El interior estaba repleto. Cientos de turistas con el deseo de cambiar las playas de Alicante por las de Barcelona, o que iban también rumbo a Francia. Buscó entre ellos a su madre.

Mientras pasaba de un vagón a otro, el tren se puso en marcha. Entonces se dio cuenta de que lo había conseguido. Estaba dejando atrás la ciudad. Siguió caminando, y al final del último vagón, en un asiento junto al pasillo, distinguió el peinado de su madre. Una ola de calma la invadió al comprobar que se encontraba bien.

Se colocó delante de ella y esperó a que advirtiera su presencia. Unos segundos que a Ana le parecieron deliciosos; pero que no significaron nada comparados con el momento en que los ojos de su madre la vieron, sus pupilas se agrandaron y se olvidó de parpadear.

—Hola, mamá —le dijo todavía con un rastro de enfado en la voz.

La mandíbula de su madre se contrajo como si la hubiera alcanzado una corriente eléctrica. Ana pensó que la obligaría a bajar del tren. Que la amenazaría con otra bofetada, armando un escándalo ante la atónita mirada del resto de viajeros. Pero sabía que esta vez no haría nada.

—Mi asiento es por allí —le dijo consciente de que había ganado. De que no había vuelta atrás. De que se había salido con la suya—. Nos vemos en Nyons.

Su madre movió la cabeza en un imperceptible gesto de afirmación. Luego, casi un minuto más tarde, parpadeó y desvió la mirada hacia otra parte.

Ana se alejó despacio hasta su vagón.

Un atisbo de sonrisa se dibujó en el rostro de madre e hija.

En el fondo se alegraban de verse.

CAPÍTULO 3

El pájaro de fuego apareció otra vez en sus sueños, en algo que se estaba convirtiendo en una desagradable costumbre.

El núcleo del relato volvió a repetirse: el ave la perseguía en la oscuridad y la atacaba con intención de herirle los ojos. Pero al tiempo que su cuerpo físico se acercaba poco a poco Nyons, el sueño sufrió una variación: la oscuridad, en esta ocasión, no fue tan intensa. No se encontraba completamente a oscuras, sino bajo una túnel o cúpula.

Sus manos tropezaron contra una pared hecha de roca. El ave hizo un giro en el aire para enfilarla con más precisión. El fuego surgía anaranjado de su pecho. Ana retrocedió y pegó la espalda contra la pared. La dejaría ciega de nuevo. Pero ¿qué significado tenía la aparición de aquel túnel? En ese momento, una mano tapó su boca y la arrastró hacia atrás. Ana intentó gritar, pero aquella mano grande y peluda ocupaba toda su cara y se lo impedía. El Fénix aceleró su caída, y Ana pensó que si no moría por el pájaro, lo haría ahogada por aquella mano. Sin fuerzas para luchar, la mano que la tenía agarrada dio un nuevo tirón e hizo que desapareciera en lo que se suponía era el interior de la roca. Justo un instante antes de que el Fénix la alcanzara.

Ana se despertó dando un salto en su asiento, aunque sin llegar a abrir los ojos. Su cuerpo todavía estaba en otro plano.

Cuando recuperó por completo la consciencia, vio a su madre sentada a su lado. Se restregó los ojos. ¿Qué hacía allí? Habían hecho el viaje en asientos separados. Miró a su alrededor, pero aquello no era el tren que las llevaba hasta Avignon. Ni siquiera circulaba por encima de raíles. Frente a ella, el conductor ajustó el espejo retrovisor y la miró a través de él.

—¿Ha dormido bien? —le preguntó en francés.

Miró por la ventanilla y lo que vio al otro lado le resultó más tenebroso que el túnel del sueño: era noche cerrada, y se dio cuenta de que su madre y ella iban subidas en un taxi, cuyos faros iluminaban un par de metros por delante según avanzaban.

Entonces lo recordó todo. Pasadas las once, habían llegado a Avignon, tras más de once horas de viaje. Somnolienta, bajó del tren y se encontró con su madre. Durante todo el trayecto no se habían dirigido la palabra. Cada una enrocada en su orgullo y cabezonería.

Ana, tal y como había prometido, envió puntuales mensajes a Erika para que no se preocupara. En el tren no había visto a nadie sospechoso, y cada kilómetro que se separaba de Alicante se sentía más segura. Lo estuvo incluso a pesar de la respuesta de Erika, que le dijo que aunque el Audi negro seguía allí cuando salió de la estación, pocas horas más tarde pasó de nuevo y ya no estaba. Las dos intentaron convencerse de que simplemente se lo había llevado la grúa.

Por la hora a la que llegaron a Avignon, pronto comprendieron que ningún autobús las llevaría hasta Nyons esa noche. Ana pensó que dormirían allí, pero su madre tomó su móvil y marcó un número. A los pocos minutos, apareció un taxi. Estaba claro que su madre no quería alargar aquel viaje más de lo necesario.

Ana se acurrucó en su interior, y ya fuera por el cansancio o por el silencio que mantenía con su madre, terminó durmiéndose. Ahora, casi una hora más tarde, había despertado. El taxi empezó a disminuir su marcha.

—¿Hemos llegado a Nyons? —preguntó a su madre.

El taxista contestó por ella.

—*Oui, mademoiselle.*

Ana distinguió las luces amarillentas de algunas farolas, pero no la forma de edificios o personas. Era como si nada existiera fuera de aquel coche. El taxista finalmente se detuvo, aliviado por haber terminado aquel viaje: más de setenta kilómetros de Avignon a Nyons, y encima de noche, no era precisamente lo que más le apetecía hacer; pero tras ver la cifra que marcaba el taxímetro esbozó una sonrisa.

Isabel le deslizó algunos billetes, con los que cubriría la carrera, a los que añadió uno de cincuenta euros, que el taxista miró extrañado.

—Espere aquí mientras dejamos el equipaje en la

habitación —le explicó—. Luego tendrá que llevarnos a otro sitio.

La sonrisa del taxista se hizo más amplia.

—Oh, *oui*, yo *espegág* —dijo en un esforzado español—. Este *seg* el *mejóg* hotel de Nyons.

Se bajaron del taxi y se adentraron en *La Picholine*, un hotel situado a las afueras de la ciudad, o eso les pareció por el escaso movimiento que se registraba en los alrededores. Tras un rápido paso por la recepción, subieron hasta su habitación. Ana se dejó caer en la cama, mientras su madre se quitó los zapatos y paseó descalza por la habitación sin separarse de su móvil.

—¿Nos tiene que llamar la policía?

Isabel se desabrochó la cremallera de la falda. Mientras Ana dormía, había llamado a la gendarmería de Nyons y les había explicado que ella y su hija iban de camino para reconocer el cuerpo de Jean-Jacques Faure. El gendarme con el que habló le dijo que antes de la media noche el forense habría terminado la autopsia y ellas podrían ver el cadáver, pero que si era demasiado tarde podían esperar hasta el día siguiente. Isabel les dijo que la hora era lo de menos, y el gendarme respondió que en cuanto estuviera todo listo la llamaría.

—¿Alguna vez te he contado cómo tu padre y yo nos conocimos? —le dijo a Ana en vez de contestar a su pregunta.

Ana se irguió sobre la cama.

—No, nunca —dijo, sintiendo cómo el cansancio se le evaporaba de golpe.

Isabel suspiró.

—Fue aquí, en Francia. En París. Hacía cinco años

que había terminado Derecho, y a pesar de ser una de las primeras de mi promoción, había estado dando tumbos de un trabajo a otro sin éxito. Hasta que un día, por sorpresa, recibí una oferta de uno de los bufetes más prestigiosos de Francia. Recordaba haber enviado mi currículum a aquella firma nada más salir de la facultad, pero tras tanto tiempo sin contestación lo había olvidado por completo. Me temblaron las piernas cuando me dijeron que querían verme para hacerme una entrevista.

Isabel abrió su maleta y sacó una blusa, una falda y unos zapatos. Todos de color negro.

—Al parecer, era la única candidata a ese puesto. O eso entendí por el poco francés que manejaba entonces. Solo querían asegurarse que el puesto era el indicado para mí. Era como un sueño hecho realidad. Al llegar a París pensé que tenía tiempo de sobra hasta la hora de la entrevista. Entonces tenía veintisiete años. Estaba en una de las mejores ciudades del mundo. Tenía que disfrutar un poco. Caminé por la ciudad pensando que en unas pocas horas esas calles se convertirían en mi nuevo hogar. Estaba deseosa por saber todo lo que París tenía que ofrecerme. A la gente que conocería. Sin saber que Jean-Jacques Faure sería la primera y última persona con la que hablaría ese día en París.

Ana miraba a su madre mientras se quitaba la arrugada falda con la que había viajado y se colocaba la nueva.

—Lo encontré, o más bien él me encontró, cuando solo llevaba un par de horas en la ciudad. En un ataque de responsabilidad cambié de opinión y decidí dirigirme al bufete, cuando me di cuenta de que no tenía ni idea de dónde estaba. Busqué por los alrededores la silueta de la Torre Eiffel, como si fuera un faro que servía de guía a turistas despistados. Miré a todos los que pasaban a mi lado en busca de alguien que pudiera ayudar a una española en apuros que solo chapurreaba el francés cuando estaba serena. Localicé a un hombre joven, que con paso firme y una cartera en la mano, caminaba en mi dirección, y que por el elegante traje que portaba tal vez iba hacia un lugar cercano al mío. Fui a preguntarle, cuando una voz a mis espaldas me dijo en un correcto español: «Esa firma de abogados se encuentra un poco lejos». Me giré preguntándome cómo sabía aquel hombre que buscaba exactamente aquel sitio, cuando me topé con unos ojos grises, que me miraban curiosos.

Ana no entendía cómo su madre no le había contado esa historia hasta ahora. Por lo que estaba escuchando, era igual que una película romántica con extra de azúcar. París. Dos desconocidos que se encuentran. ¿Qué podía salir mal? Su madre se colocó uno de los zapatos.

—Sin poder apartar la vista de esos ojos, guardé silencio hasta que el hombre señaló la carpeta que llevaba en la mano, por la cual sobresalían los datos del bufete. «Ese es el sitio que buscas, ¿no?» Asentí. Jean, que en un primer vistazo no aparentaba más de treinta años, se quitó la gorra que llevaba puesta y se pasó la mano por una abundante mata de pelo negro. A continuación, dijo: «Pero ese lugar es aburridísimo. En París hay cientos de sitios más excitantes». «Es una cuestión de trabajo», le dije con tono profesional. «Te propongo una cosa», me contestó. «Te acompañaré hasta ese bufete, si a cambio me dejas enseñarte esta ciudad como se merece». Mi primera reacción fue decir que no. Que ni de broma. Ese tipo, vestido con una gorra y un desgastado chaleco, parecía escapado de un cuadro de Toulouse-Lautrec. Un bohemio cuya única misión en la vida era seducir a extranjeras perdidas. «La calle que buscas está a unos veinte minutos de aquí», me replicó. «Solo tendrás que aguantarme ese tiempo. Ni un minuto más. Te lo prometo». Esa fue la primera promesa que Jean me hizo. Y la primera que incumplió. Pero después de tanto tiempo, puedo decir que la culpa de todo fue solo mía.

»Lo siguiente que me dijo fue su nombre: Jean-Jacques, pero prefería que le llamara solo Jean. Yo seguía sus pasos sin dirigirle la palabra. Sus intentos de parecer gracioso me parecieron patéticos. Me decía a mi misma que tenía que tener paciencia y que solo tendría que aguantarlo hasta llegar al bufete.

»Cruzando una calle tras otra, Jean me señalaba cada monumento, dándome una breve explicación sobre su origen o su historia, y siempre, aunque fuera de una manera sutil, impregnándolo de interrogantes. «Y allí está el barrio de Montparnasse», dijo. «En cuanto te deje en tu destino tengo que ir hacia allí». Montparnasse. Uno de los lugares que más deseaba ver de todo París. Y a un tiro de piedra de distancia. Jean siguió andando. Tras mirar el reloj, y comprobar que íbamos bien de tiempo, le dije que tal vez podríamos echarle un vistazo antes de seguir. «No sé si es una buena idea», respondió Jean. Yo insistí. Sería solo un momento. Y además él podría aprovechar para hacer todas las cosas que tenía pendientes. Jean dudó un instante, pero finalmente aceptó. «Pero con una condición», me dijo. «Si ves que hablo con alguien, no te entrometas.» No puse ninguna objeción y nos adentramos en Montparnasse.

»El lugar resultó ser muy distinto de las películas y fotografías que había visto sobre el mismo. Poco quedaba de la decadente majestuosidad de sus edificios y calles, en las que se respiraba un ambiente distinto del resto de la ciudad. Se había modernizado, y Jean caminaba por allí como un personaje salido de otro tiempo. Apartándose de las calles principales, se adentró por otras más recónditas. Nos habíamos intercambiado los papeles, ahora era yo la que no paraba de hablar, y era él quien se mantenía callado, respondiéndome solo con monosílabos o directamente con silencios. «¿Cómo has aprendido a hablar tan bien español». «Negocios». «¿Vives en este barrio?». «Ya no». Cuando solo llevábamos unos minutos andando, Jean hizo un gesto para que me detuviera. Un hombre caminaba hacia nosotros. Jean lo detuvo y lo obligó a cruzar la acera. Hablaron en cuchicheos. El hombre le dio algo a Jean y lo guardó en uno de sus bolsillos, y tras estrecharle la mano, regresó a mi lado. Desatendiendo su advertencia, le pregunté quién era esa persona. Jean, por supuesto, no respondió, y movió el brazo para que continuáramos andando. Durante la siguiente hora, habló con cuatro personas más. Siempre del mismo modo: apartados en una esquina, una breve conversación y un intercambio. Jean daba la última cosa que había recibido y la otra parte le entregaba una nueva. «¿Se trata de drogas?», le pregunté. «¿Por quién me has tomado?» replicó él. «Esto es algo que no entenderías.» «¿Y tú por quién me has tomado para creer que no puedo entenderlo?», le dije airada. Entonces Jean me miró muy serio y dijo: «¿De verdad quieres saber lo que es? Entonces deja a un lado todos tus compromisos, ven conmigo y te lo mostraré.»

El móvil de Isabel sonó y la historia quedó interrumpida. Contestó, y su rostro, relajado hasta entonces, volvió a ponerse tirante.

—¿A dónde vamos? —le preguntó Ana a su madre tras colgar.

—Al hospital local.

Con dos rápidos movimientos, Isabel se retocó el vestido, y tomando unas horquillas arregló su cabello.

—¿Está allí papá? —Lo último que quería Ana era que la confesión que le había hecho su madre cayera en saco roto.

Su madre colocó una última horquilla en su moño, presionando con tanta fuerza que quedó anclada en su cabeza igual que una estaca. Después miró a su hija.

—¿Vas a ir vestida así? —preguntó.

Ana observó el luto riguroso con el que iba ataviada su madre. La mirada era de nuevo seca y hostil, y comprendió que habían vuelto a separarse. Que la llamada explicando que ya podían ver el cadáver de Jean había vuelto a trazar una frontera entre ellas.

—¿Qué pasó en París? —preguntó Ana sin creer del todo en el cambio tan brusco que había sufrido el ánimo de su madre.

Isabel hizo como que no la había escuchado y de la maleta sacó un bolso, también negro, que completó su atuendo. Luego caminó hasta el escritorio y tomó la tarjeta que abría la puerta de la habitación. Ana se colocó en su camino.

—¿No vas a contármelo?

—Tenemos que irnos.

—Mamá...

Isabel miró a su hija como si fuera una niña malcriada que hacía preguntas en los momentos más inoportunos.

—Esa es toda la historia. No hay nada más que contar. Yo acepté seguirlo. No fui a esa entrevista. Eché por la borda mi futuro. Y hasta hoy no hay un día en que no me arrepienta de lo que hice. Con esto quiero demostrarte que no sabes nada sobre tu padre.

—Al menos he conseguido que lo llames padre.

Los ojos de Isabel estaban surcados por unas ojeras negras y profundas.

—No tengo tiempo para tus estupideces.

Isabel cruzó al lado de Ana, sin ni siquiera rozarla, y salió de la habitación.

El taxi se puso en marcha camino al hospital de Nyons. A pesar de que se encontraba solo a unos pocos minutos de distancia, el coche tuvo que dar vueltas por decenas de estrechas calles hasta llegar a su destino. La noche era fresca, con un viento que calmaba las paredes de las casas, aún calientes por el intenso sol que había caído sobre ellas durante el día. Al parar frente al hospital, el taxista vio un coche de policía aparcado en la entrada. Intrigado, se giró para preguntarles a Ana y su madre qué sucedía, pero antes de pronunciar la primera palabra, las dos mujeres ya habían bajado del coche. El taxista, decepcionado, se alejó.

Ana y su madre cruzaron la entrada y caminaron hasta el coche de policía, donde las esperaban dos gendarmes. Ana alzó la vista hacia el hospital: era un edificio pequeño y viejo, con una larga fila de ventanas de color gris. Los gendarmes las recibieron con miradas de cansancio. Como si aquel muerto inesperado hubiera trastornado su pacífico y rutinario trabajo. Las saludaron con un apretón de manos. Uno de los gendarmes era joven, de unos veintipocos años, y llevaba una bolsa en la mano. El otro era mayor, tanto de edad como de rango, con una barba teñida de negro con la intentaba disimular sus años. Carraspeó antes de hablar.

—Espero que el viaje desde España no haya sido muy fatigoso —dijo en francés; aunque Ana lo entendió—. Siento que hayan tenido que visitar Nyons en estas circunstancias.

—Solo deseamos acabar con esto cuanto antes —respondió Isabel.

El gendarme abrió la puerta del hospital y entraron dentro. Caminaron por un pasillo que llevaba hasta el ascensor, sin más ruido que el de sus propios pasos. No había nadie en el puesto de información y Ana distinguió tan solo la silueta de un enfermero, que se quedó mirándolos igual que si estuviera ante una aparición. El ascensor descendió hasta el sótano.

De la entrada de la morgue emergió un hombre que Ana dedujo que era el forense. Tenía unos sesenta años, calvo salvo por unos cuantos pelos que le crecían por detrás de las orejas, y que moviendo una mano indicó a los gendarmes que se acercaran. Les entregó el resultado de la autopsia. El gendarme más viejo leyó en voz baja un párrafo que el forense le señaló con un dedo. La cara del gendarme empalideció. Desde la distancia, Ana no podía oír lo que decían, pero entre los murmullos distinguió algunos términos: «Herida profunda». «Arma desconocida». Por la expresión de su madre, Ana supuso que su traducción había sido correcta.

El gendarme chasqueó la lengua. El caso se complicaba. Y no quería eso. Si no encontraban pronto un sospechoso, pronto se extendería por Nyons el rumor de que un asesino andaba suelto, y eso era lo peor que podía ocurrir. El forense llamó a Ana y a su madre para que identificaran el cuerpo del señor Faure. El gendarme más joven le entregó a Isabel la bolsa que llevaba.

—Son las pertenencias que portaba su marido cuando lo encontramos —le dijo.

Isabel tomó la bolsa, pero sus ojos solo estaban fijos en la sala de autopsias.

El corazón de Ana empezó a latir desbocado. ¿Era el momento? Con los sentidos embotados, entró en la sala como si sus pies, su cuerpo entero, fueran de otra persona. Pasó junto a los policías y el forense, observando sus rostros de cerca. Caras agotadas e impacientes, que la miraban de reojo.

Respirando de forma intermitente, Ana siguió los pasos de su madre hasta que se detuvo. Quiso pararse junto a ella, pero algo la hizo seguir caminando, como si fuera un juguete al que le han dado cuerda. Un poco más adelante, distinguió las formas de una mesa metálica. Alzó la cabeza y vio una persona tumbada sobre ella.

¿Aquel era su padre?

El motor de la cámara frigorífica donde guardaban los cadáveres zumbaba en el aire. Ana se detuvo ante la figura de un hombre de baja estatura, frente despejada y pelo casi blanco. Su padre no era así. El cabello de Jean era abundante, brillante y negro; crecía desde la base de la frente y subía hacia arriba en un pequeño tupé terminado en punta. Ana lo sabía porque era una de las pocas imágenes que conservaba de él, como cuando entraba a hurtadillas al cuarto de baño y lo espiaba mientras se peinaba o afeitaba. Aspecto que chocaba con el rostro de la persona que tenía delante, que además estaba cubierto por una barba de cuatro o cinco días, más fruto de la dejadez que de la moda, y que estaba punteada por unos destellos color ceniza que la ensuciaban y hacían su rostro aún más irreconocible. ¿Quién era esa persona?

—Jean, oh... Jean —escuchó a sus espaldas, y el miedo y la angustia recorrieron a Ana al comprobar que era su madre quien llamaba entre sollozos a ese muerto que para ella seguía siendo anónimo.

Venciendo sus temores, Ana dio un paso adelante y los rasgos del hombre se hicieron más nítidos. ¿Quince años podían cambiar tanto a una persona? Se fijó en sus enormes orejas y en los largos pelos de color blanco que surgían de su interior. Una barriga hacía que la sábana que lo cubría se elevara dos palmos. Su padre nunca había tenido barriga.

Entonces una repentina esperanza surgió en el interior de Ana. Pensó que su padre —como el cazador de arte que siempre se había imaginado que era— había logrado una proeza final: fingir su propia muerte. Rodeado por el peligro, había conseguido engañar a sus enemigos, intercambiando su cuerpo por el de otro. Era poca la gente que sabía cómo era, tras años viviendo a salto de mata, de un país a otro, de una identidad a otra, que le habría sido sencillo colocar su cartera en el bolsillo de algún mendigo fallecido por causas naturales, y engañar a todos salvo a su familia, con la que se reencontraría cuando las aguas se hubieran calmado.

Animada por aquella visión, Ana avanzó hacia el cadáver sin inquietud, como quien descubre que le han gastado una pesada broma y tan solo quiere señalar dónde está el engaño. Miró las pobladas cejas del hombre, enhebradas de negro y gris, y alargó la mano hacia una de ellas. Con la punta de sus dedos la rozó, sin ser consciente de que era la primera vez que tocaba a un muerto. Al mover los espesos mechones que las formaban, notó una pequeña protuberancia en ella. El cuerpo de Ana quedó tan frío como el del hombre de la camilla.

En esa ceja había un lunar, igual que el que ella tenía. Incrédula, lo tocó para comprobar que no era postizo, desengañándose enseguida. Era la marca de los Faure. Ya no había dudas: bajo aquella capa de canas, arrugas y olvido se encontraba su padre.

Su mentón tembló. Sus ojos se inundaron de lágrimas. Su cuerpo al fin reaccionaba. Se abalanzó sobre él, y rodeándolo con sus brazos empezó a besarlo. Notó en sus labios el frío de su piel, que la cámara frigorífica no había hecho más que aumentar. Por nada del mundo quería separarse de su lado.

—Ana, por favor. —Su madre se acercó a ella y la tomó de un brazo—. Ya tendremos tiempo para despedirnos. Ahora no es el momento.

Ana forcejeó con su madre. Cada segundo que tocaba el cuerpo de su padre era como si los recuerdos que habían permanecido encerrados en ella estuvieran saliendo todos a la vez. Recuerdos que ni ella sabía que tenía. De repente, todo lo que la rodeaba le pareció familiar. No aquella morgue, ni tampoco los policías y el forense, en cuyas miradas podía sentir que estaban ansiosos por cerrar aquel caso cuanto antes. Era más bien el lugar donde se encontraba. Francia. Nyons. Y así sintió algo muy adentro, que provocó que dos lágrimas corrieran por sus mejillas, unidas a una certeza.

—Yo... Yo ya he estado aquí —murmuró.

CAPÍTULO 4

En la habitación de hotel Ana pensaba en cualquier cosa menos en dormir. Habían pasado cuatro horas desde que salieron del hospital, y en poco tiempo partirían de nuevo hacia Alicante, todavía sin haber decidido qué hacer con el cuerpo de Jean.

Ana se movía de un lado a otro en la cama, presa de la afirmación que la rondaba: ella había pisado Nyons siendo una niña. No sabía cuándo ni cómo. Sin embargo, comprendió que todos los elementos que componían los sueños que había tenido últimamente estaban relacionados de alguna forma con aquello.

¿La mano que la retenía en el oscuro túnel era la de su padre?

Perdió la paciencia y se levantó de la cama. Caminó hasta el escritorio, encendió una lámpara, y con cuidado de no despertar a su madre, abrió la bolsa con las pertenencias de Jean que uno de los gendarmes les había entregado en el hospital.

Había tres objetos. El primero: una cartera. Vacía,

salvo por el papel donde estaba escrito a mano el número de teléfono de su casa de Alicante, y que la policía había utilizado para ponerse en contacto con ellas. Ana se fijó en los trazos curvados con los que estaba escrito cada número, y que colocados sin ninguna indicación ni nombre daban la apariencia de un código secreto. ¿Pensaba Jean-Jacques Faure tanto en ellas como indicaba ese papel?

Tras la cartera, Ana extrajo un puñado de lápices. Todos de color negro, y tan desgastados que algunos eran tan pequeños como una uña. Tragó saliva y pensó que su padre no había perdido la costumbre de garabatear en cualquier parte. Pequeños dibujos con los que solo con un par de trazos era capaz de captar la esencia de cualquier objeto o persona. Ana no encontró ningún dibujo dentro de la bolsa.

Por último estaba el objeto más extraño. Un reloj de bolsillo. Ana nunca había visto a su padre llevando uno, pero sí en los catálogos de antigüedades y revistas especializadas que él tenía. Tal vez se trataba del último objeto con el que había comerciado antes de su muerte. Era muy viejo y estaba parado en las doce y cinco minutos de la noche. Junto al reloj, encontró también la pequeña llave que servía para darle cuerda. Ana la tomó y la intentó introducir en el hueco de la parte superior para girarla y ponerlo en hora —eran las cinco y media de la mañana—, pero no entró. Era demasiado grande.

—Qué raro... —dijo Ana en voz alta, consiguiendo que su madre se revolviera en la cama. Ana apagó la luz de la lámpara y esperó hasta que Isabel volviera a quedarse dormida profundamente. Se acercó a la ventana. La oscuridad en el exterior era total, pero en el ambiente se sentía que el sol despuntaría en breve y derramaría sus rayos sobre el lugar. Ana pensó que eran demasiadas las cosas de las que desconocía su significado y escaso el tiempo del que disponía. Guardándose la llave del reloj, se vistió con unos vaqueros y una camiseta, y procurando hacer el mínimo ruido posible, abrió la puerta de la habitación y salió del hotel.

Todo estaba oscuro y tranquilo, y el recepcionista no se hallaba en su puesto cuando cruzó el *hall*. Al pisar la calle, un potente viento removió su pelo y Ana se ajustó la coleta. Miró a su alrededor y vio que el único camino que podía tomar era el que salía de la puerta del hotel y llevaba a una carretera que descendía hacia el centro de la población. Al principio, pensó en encender la linterna del móvil e iluminar el camino, pero al cabo de unos minutos sus ojos se acostumbraron a la oscuridad y divisó lo que iba apareciendo delante de ella. El cielo estaba despejado y una luna menguante brillaba en el cielo. Por el camino había plantados algunos pinos; aunque sobretodo olivos, cuyas retorcidas figuras se distinguían en los campos que se divisaban en el horizonte. Más lejos, se veía la sombra de las montañas. Los grillos cantaban ruidosos hasta que Ana pasó cerca de ellos y quedaron mudos, escuchándose solo el ruido de sus pies sobre el asfalto y el tintineo de sus pendientes.

Diez minutos más tarde, la carretera hizo un giro y se metió en el pueblo. Todas las casas eran bajas, casi ninguna superaba las dos plantas de altura, y había una gran abundancia de chalets y casas de campo. Tomó una calle entre las varias que se abrían, guiada por un aroma a rosas que la atrajo. Tras subir unas escaleras de piedra fue a parar a una pequeña plaza, si aquel cuadrado rodeado de casas donde encontró unos rosales podía considerarse tal cosa. Una torre, iluminada por unas luces amarillas que la hacían destacar en medio de la noche, apareció ante ella. Un muro y una puerta impedían entrar en el pequeño jardín que la rodeaba.

Ana miró sobrecogida las figuras de dos ángeles de piedra que custodiaban la entrada y que miraban hacia el suelo. Más arriba, entre las caprichosas formas de la cúspide de la torre estaba la estatua de una Virgen, que mirando al lado contrario de donde ella se encontraba le daba la espalda. Mirando a través de los barrotes de la puerta de hierro de la entrada Ana no reconoció esa torre. Era la primera vez que la veía. Pero el *deja vu* que la acompañaba desde que había visto el cuerpo de su padre le decía lo contrario. En la base de la torre, otra puerta indicaba que se podía entrar en su interior. Las figuras de los ángeles y de la Virgen hicieron que Ana no viera aquella construcción como un antiguo castillo, ni tampoco como un lugar de defensa.

—Es una capilla —musitó.

Junto a aquella frase, que sonó extraña en medio del sepulcral silencio, Ana se sobresaltó al escuchar un ruido cerca. Esta vez sí activó la linterna del móvil, con la que iluminó las casas, los árboles y los rosales.

Con pulso firme avanzó unos pasos. En un pueblo tan silencioso como aquel, se dijo, cualquier ruido sonaría más fuerte de lo normal. Aún más en una hora como esa.

Tras asegurarse de que no había nadie, apagó la luz de la linterna, pero mantuvo el móvil cerca. Una cosa era intentar convencerse de que no pasaba nada, y otra que si su padre había sido asesinado, la persona que lo había hecho podría estar todavía allí. Si alguien se acercaba, llamaría al primer número de la agenda que encontrara, ya fuera Erika, su madre o la policía. Con paso cauto se alejó de la torre, y asegurándose de que no volvía a escuchar nada raro, tomó la primera calle que encontró.

Enseguida se dio cuenta de que estaba caminando en dirección opuesta a donde creía que estaba el centro de Nyons. Al observar el cielo, lo encontró de un azul más claro. Lo que significaba que el amanecer estaba cerca.

Tan solo había avanzado unos veinte metros, cuando sintió de nuevo una presencia cerca de ella. Esta vez de manera más intensa. Se giró, y entre las sombras que habitaban la calle, percibió una más densa que las demás. Una que no solo no se había debilitado ante la inminente llegada de la claridad, sino que estaba instalada en mitad del camino igual que un agujero negro, dispuesto a tragarse todo lo que encontrase a su paso. Incluida a ella.

Sin detenerse a averiguar qué o quién era, corrió adelante llena de miedo y sin rumbo.

La sombra se movió, siguiendo sus pasos.

Ana pensó en el conductor del Audi negro.

Entró por cada callejuela con la que se topó sin

saber qué encontraría al otro lado, en un laberinto de pasadizos, paredes y suelos centenarios. Estrechas arcadas aparecían cada pocos pasos, haciendo desaparecer la claridad surgida.

Mientras caminaba, la sombra se encogía y ensanchaba a capricho. Sus pisadas eran lentas y pesadas, donde por cada una que daba, Ana necesitaba tres para mantener la distancia.

Exhausta, cruzó una arcada de mayor tamaño y quedó dentro de un largo y ancho corredor cubierto por un techo. Apenas veía nada. Tropezaba con trozos de empedrado y baches que le eran invisibles. Más adelante, vislumbró en uno de los lados del túnel un entrante que surgía a la izquierda y que ensanchaba aquella parte del corredor. Se metió allí para que la sombra no la viera. Apoyó la espalda contra la pared e intentó saber qué ocurría.

Había dejado de escuchar los pasos de su perseguidor, pero sabía que seguía allí. Podía sentir incluso su olor. Uno al que no le encontró sentido. Aquel ser olía a quemado. A brasas. A carbón ardiente. Y lo que, en un primer momento, le parecieron sombras... en realidad se trataba de humo.

Con aquel olor cada vez más próximo a ella Ana salió de su escondite, lista para correr hasta el otro extremo del túnel, cuando una de sus zapatillas pisó un adoquín en mal estado, lo partió por la mitad y cayó de bruces contra el suelo.

Comprendió entonces dónde se encontraba: el túnel, la persecución, el ser hecho de fuego.

Estaba dentro de su sueño.

Paralizada, poco le importó que lo que la seguía no tuviera forma de pájaro. Retrocedió de espaldas apoyada en manos y pies. En la entrada del túnel, una columna de humo se expandió hasta cubrirlo por entero. Tras ella se movió una figura que a Ana le pareció enorme. Un gigante que disfrazaba su tamaño con un manto que lo convertía en invisible y con unos andares que apenas hacían ruido. Se dijo que era imposible que aquella figura pasara desapercibida. Que mientras ocurría aquello, ningún vecino se hubiera asomado a la ventana para ver qué ocurría. Se imaginó a los habitantes de Nyons con las sábanas por encima de la cabeza, aunque con los ojos abiertos. Despiertos y temblorosos por algo extraño que sentían a su alrededor. Un ser hecho de miedo y de furia que los inmovilizaba.

El gigante siguió avanzando, y aunque no podía distinguir del todo sus formas, vio cómo se llevaba una mano a la altura de la cintura y tomaba un objeto. Era un artilugio largo y estrecho, y lo giró en el aire igual que un florete, rasgando el aire.

Ana quería levantarse, pero si le daba la espalda al asesino sería su fin.

La figura estaba hecha de humo y noche, y sabía que se abalanzaría sobre ella en cualquier momento. Eran cerca de las seis de la mañana, y el sol, que acababa de despuntar, iluminó de forma tenue el túnel, en el mismo instante en que un brillo apareció a escasos centímetros del cuello de Ana. La figura la atacó, apartándose Ana solo un segundo antes de quedar ensartada. La fuerza del golpe hizo que el instrumento se clavara en el suelo. Ana rodó hacia un lado, pero el gigante extrajo el estilete con rapidez y lo blandió en su dirección. Ana esquivó cada golpe gracias a los leves brillos que emitía, pero con su último movimiento quedó encajonada contra una de las paredes del túnel. De nuevo igual que en su sueño. Y supo que el siguiente golpe sería el definitivo.

—¡Cobarde! —exclamó Ana, furiosa—. ¡Matar así es de cobardes! ¡Muéstrate! ¡Quiero ver tu cara!

La figura no respondió y de la misma solo quedó visible un largo brazo, que se alzó sobre la cabeza de Ana y luego bajó a toda velocidad.

Justo cuando alguien cubrió su boca y la apartó a un lado.

Sin saber si lo que sucedía era real o se encontraba durmiendo en la cama del hotel, Ana vio cómo la figura que había hecho su aparición se lanzaba contra el ser de humo, propinándole un golpe tan fuerte que hizo que el estilete del asesino saliera volando por los aires y cayera a los pies del recién llegado. Este lo tomó y atacó. El asesino, para esquivarlo, retrocedió y su forma de montaña se tambaleó en un movimiento que el desconocido aprovechó para intentar asestar otro golpe. Falló y los dos quedaron quietos.

La persona que había aparecido era diminuta comparada con el monstruo, pero parecía no tenerle miedo. El gigante estaba atento a sus movimientos. No dejaba de observar el arma que le había arrebatado. Quien Ana consideraba su salvador, hizo un ademán de atacar por la izquierda, logrando que el gigante se moviera al lado contrario. Vio su oportunidad. Hizo un requiebro y acometió por la derecha. El estilete atravesó la piel del ser. Ana esperó escuchar un merecido grito de dolor, pero del cuerpo del gigante lo único que salió fue un sonido metálico, como si alguien hubiera golpeado con un martillo un trozo de metal y una lluvia de chispas iluminó el túnel.

Virutas de fuego giraron en el aire y cayeron sobre la piel de Ana, quemándola.

La mano que la había apartado de la muerte la tomó de nuevo.

—¡Vamos! —le gritó.

Sin volver la vista hacia el monstruo corrió guiada por aquella mano. Salieron del laberinto y llegaron hasta una calle donde el aire, el cielo y el sol les dieron la bienvenida. La luz crecía por momentos, y Ana vio cómo lo que hace solo unos segundos había sido una noche cerrada, se convertía en una mañana cada vez más clara. Las casas de los alrededores se tornaron más nítidas y escuchó cantar a los pájaros, que hasta entonces habían permanecido mudos. Realmente era como si hubiera despertado de una pesadilla.

El sol también iluminó el rostro de la persona que tenía a su lado.

Ana se sorprendió al comprobar que, a pesar de la agilidad que había demostrado en la pelea, aquel hombre era mucho mayor que ella, y tan solo unos pocos años más joven que su padre. Tenía una barba frondosa donde destacaba un espeso bigote negro, que contrastaba con las canas que le sobresalían en las patillas y sobre todo en la zona de la barbilla, donde el pelo era totalmente blanco. Su nariz era gruesa, de buen bebedor, y tenía una frente agrietada donde le atravesaba un mar de arrugas.

Todo su figura recordaba a la de un viejo marinero. Sus ojos eran de un intenso verde oliva, pero cuando Ana los miró no reflejaban fuerza, ni valentía, sino un miedo que había quedado atrapado en ellos sin posibilidad de escapatoria.

—No sé ni cómo lo he hecho —le escuchó decir en un murmullo—. Te he visto en peligro y... —Se giró hacia Ana—. No pienses que hemos acabado con él. Esa cosa sigue viva. Creo que ni la hemos herido.

Su voz era grave y hacía esfuerzos por mantener la calma y repeler la sensación de peligro que los dos tenían pegada a los huesos.

Ana lo miró agradecida.

—Ha sido una suerte que se encontrara en el mismo lugar que yo.

El hombre señaló su brazo.

—Estás herida...

Ana miró el golpe de fuego que había cruzado su brazo derecho. Unas líneas que lo atravesaban de parte a parte, igual que la picadura de una medusa.

—No es nada... aunque escuece.

—Tengo un botiquín en el coche. Te echaré un vistazo. —Miró a ambos lados—. Vámonos. Esta rue des Grands Forts siempre me ha provocado escalofríos...

Caminaron calle abajo.

Por la manera en que andaba y se movía por las calles, no había duda de que aquel hombre vivía en Nyons, o al menos lo conocía muy bien. El que le hablara en un perfecto español era más difícil de explicar, pero Ana estaba dispuesta a saber más de aquel hombre. Él la miraba de reojo con una expresión extraña, como si la conociera de algo, al tiempo que no dejaba de mesarse la parte más blanca de su barba. Recorrieron la rue Pierre Toesca hasta llegar a una zona donde había un puñado de coches aparcados.

—Aquí es —dijo el hombre.

Pero Ana se detuvo.

Frente a ella apareció una visión que le pareció aún más terrorífica que la del asesino que acababa de esquivar. El hombre sacó una llave de su bolsillo y apretó un botón. El pánico se apoderó de Ana cuando las puertas de un Audi negro se abrieron.

—Tú... —dijo con un hilo de voz—. Tú eres quien nos ha estado siguiendo... En la universidad, y en la estación de tren.

El hombre quedó inmóvil con una mano en la manilla de la puerta.

—Puedo explicártelo.

Ana retrocedió.

—Y desde que salí del hotel también me has estado siguiendo, ¿verdad?

—Espera... Verás...

Ana no podía creerlo. Estaba en la misma situación que hace unos instantes.

Escapó del hombre.

Este, dejando la puerta del Audi abierta, fue tras ella.

Cansados por su encuentro con el asesino del túnel los dos avanzaron a trompicones, jadeando y casi sin fuerzas. El hombre, sin embargo, aceleró y logró atrapar a Ana en una estrecha bocacalle que se abría en uno de los lados de la rue Pierre Toesca. Los dos cayeron al suelo.

—¡Socorro! —gritó Ana.

El hombre le tapó la boca con la mano, pero Ana se zafó y le mordió en los dedos. El hombre miró al cielo conteniendo un grito de dolor.

—¡No voy a hacerte daño! —dijo apretando los dientes—. ¡Te he ayudado!

—¡Todos estáis compinchados! ¡Todos habéis conspirado para matar a mi padre!

Una perturbación recorrió el rostro del hombre.

—¿Tu padre?

Ana se agitaba como una anguila.

—Eres tan responsable de la muerte de Jean-Jacques Faure como ese monstruo que hemos visto.

—¿Qué? —El hombre agarró a Ana de los hombros—. ¿Jean? ¿Muerto?

Llevó una mano hasta el pelo de Ana y le apartó un mechón de la frente. Vio un lunar sobre su ceja derecha.

—Entonces... tú eres... Ana... Su hija... —Las fuerzas le abandonaron—. No puede ser... Si fue Jean quien me ordenó que te siguiera. Pero no me dijo que eras...

Ana se hizo a un lado sin comprender la reacción del hombre. La había soltado y estaba sentado en el suelo, junto a ella. Sus pupilas brillaban.

—Hace cuatro días que sigo tus pasos. Cumpliendo punto por punto las órdenes que me dijo Jean: «Sigue a las personas que viven en esta dirección. No las pierdas de vista ni un segundo». Esas fueron sus palabras exactas. Yo obedecí. No era la primera vez que hacía algo así para él. Le pregunté quiénes eran y qué había en España, en Alicante, que pudiera sernos de interés. «Un buen negocio», respondió él con una sonrisa. Pero ahora sé que me engañó. No quería que os espiara, sino que os protegiera. Jean me dijo que no podía acompañarme porque tenía asuntos más importantes que tratar. Algo que lo mantenía ocupado desde hacía meses, y que le era imposible abandonar. Y ahora...

Ana lo entendió todo.

—Esa cosa que hemos visto es quien lo mató.

El hombre no pudo contenerse por más tiempo y se echó a llorar.

Tras dudar unos instantes, Ana posó una mano sobre su hombro. Las lágrimas rodaban por la barba del hombre y tenía los ojos y la nariz rojos.

—¿Cómo te llamas? —le preguntó para calmarlo—.

El hombre se sorbió la nariz.

—Sebastián. Aunque en Nyons todos me llaman Bastien. De mis apellidos y de mi vida anterior no quiero saber nada. Me deshice de ellos cuando conocí a tu padre.

—¿Desde cuándo trabajabas para él?

—Desde hacía siete años. —Y al decirlo sus ojos volvieron a humedecerse—. Mi vida en ese momento era errante e irresoluta. Por decirlo de una manera clara, era un borracho, un alcohólico, pero gracias a él descubrí que existen otros caminos. Incluso otras realidades.

—¿Cuál era el trabajo de mi padre? ¿Qué hacía? ¿Dónde lo realizaba, exactamente? —preguntó Ana casi sin respiración, sabiendo que tenía delante a una de las pocas personas que podían hablarle de su padre tal y como había sido.

Bastien se pasó una mano por la cara para secarse las lágrimas. Se levantó y ayudó a Ana también a hacerlo. Entonces esbozó una sonrisa.

—Eso tiene fácil solución. Todas las respuestas se encuentran en un mismo sitio. En su tienda.

A las siete de la mañana, Nyons empezaba a desperezarse, pero Ana y Bastien ya caminaban despejados por ella. Ana llevaba puesta la venda con la que Bastien había cubierto las quemaduras de su brazo. Los dos todavía inquietos por lo que había ocurrido, mirando por cada esquina y nerviosos cuando una nube ocultaba el sol y la oscuridad volvía a invadirlos. Era una mañana de mercado, y al llegar a la plaza des Arcades, vieron a los comerciantes montar sus puestos mientras algunos turistas curioseaban entre ellos. Bastien, señalándole la entrada de varias calles, le dijo que los jueves el mercado se extendía por todo el pueblo, y que allí podía comprarse casi cualquier cosa. En especial aceite de oliva, que era por lo que la mayoría de la gente venía a Nyons. A Ana le pareció un lugar luminoso y acogedor, rodeado de montañas cubiertas de un verde intenso y campos de olivos que se extendían hasta el infinito. Antes de salir de la plaza cruzaron por delante de la libreria E. Pinet, y el dueño saludó a Bastien preguntándole a continuación qué tal se encontraba Jean. Con un nudo en la garganta, Bastien le contestó que muy bien, y el librero le dijo que Jean podía pasarse cuando quisiera a recoger su último pedido de folios y lapiceros.

Ana recordó los que la policía encontró en sus

bolsillos, y comprendió que su padre llevaba viviendo en Nyons mucho más tiempo del que imaginaba. Un poco después, vio el puente donde habían encontrado su cuerpo. Los turistas ya lo recorrían cámara en mano, haciéndole fotos desde todos los ángulos, sin ser conscientes de lo que había ocurrido allí el día anterior. Un impulso le hizo querer visitarlo, pero Bastien torció hacia otra dirección y lo perdió de vista.

—La rue des Déportés —le dijo unos minutos más tarde—. La calle de los deportados. Aquí es.

Ana pensó que Bastien le estaba tomando el pelo. ¿Cómo iba a estar allí la tienda de su padre?

Los turistas en esa calle eran aún más numerosos que en el puente, caminando arriba y abajo y parándose en los innumerables restaurantes que la llenaban. No podía existir un lugar más inadecuado para una tienda de antigüedades o arte, que era como imaginaba la de su padre.

Bastien le habló con un divertido tono de desafío.

—¿Serías capaz de encontrarla?

Imposible, pensó Ana, dudando de su sensación de que ya había pisado antes aquel lugar. Avanzó por la rue des Déportés divisando lo que la rodeaba no desde la memoria, sino desde un sitio mucho más profundo. Bastien la siguió mientras cruzaban por los bares y restaurantes que servían los primeros desayunos. Ana recorrió la mitad de la calle cuando sintió algo. Giró la vista, y a su izquierda vio un oscuro y estrecho pasaje que se abría.

—Es por aquí... —se dijo a sí misma.

Bastien arqueó una ceja, sorprendido.

Nyons estaba llena de arcadas y pasajes. Ana había visto los más conocidos —los de la rue des Petits Forts y los del Grand Forts—, pero había otros muchos más pequeños que pasaban desapercibidos.

Al cruzarlo, llegó a un solitario camino al aire libre que continuaba unas decenas de metros hasta llegar a otra arcada. Sobre ella había una vieja ventana, cuyas inclinadas formas daban la sensación de que aquella construcción iba a caerse de un momento a otro. Llegó a ella caminando por un suelo empedrado, y se dio cuenta de que aquel pasaje conectaba la rue des Déportés con otra. Un sencillo atajo, un vaso comunicante entre dos calles paralelas, pero que muy poca gente utilizaba.

Lo que vio debajo de la segunda arcada le pareció más familiar. En su interior sobresalían algunas puertas y ventanas, pero todas estaban atrancadas. Con los ojos cerrados, Ana estiró sus dedos y las tocó, hasta detenerse frente a una de esas puertas. Una muy baja y pequeña.

—Creo que la he encontrado.

—Pero, ¿cómo...?

Ana abrió los ojos y al fijar su mirada en el dintel quedó sin aliento al ver lo que había dibujado en él. En ese momento comprendió su sueño. Aquella arcada y el túnel donde la habían atacado eran cosas distintas, y a la vez la misma. La mano que la salvó fue la de Bastien, pero también era la de su padre. Entonces recordó que siendo muy niña —con tres años como máximo—, Jean la llevó allí, pero ella comenzó a llorar porque aquel lugar le dio miedo. No le gustó la oscuridad de la arcada, ni su silencio; pero sobre todo no le gustó la pintura que había sobre la puerta, y que demostraba que su sueño había sido a un tiempo recuerdo y premonición. Porque allí estaba dibujada la figura de un ave Fénix.

Palpó la puerta en busca de una manilla, o el agujero de una cerradura, pero no encontró ninguno. Bastien fue a ayudarla, pero Ana lo detuvo, y como si alguien guiara sus pensamientos, llevó una mano a sus vaqueros y de ellos sacó la llave del reloj de bolsillo que había tomado en el hotel, y que ahora sabía a dónde pertenecía.

Bastien no daba crédito a lo que veía.

Ana vio un hueco en la puerta, entre las formas que dibujaban las vetas de la madera. Introdujo allí la llave, y como si estuviera dándole cuerda a un enorme reloj, la giró varias veces. Un sonido mecánico se escuchó al otro lado, varios engranajes se movieron, y tras un «cloc», cuyo eco resonó en las paredes de la arcada, la puerta de abrió.

CAPÍTULO 5

—¿Se puede saber dónde has estado? —preguntó la madre de Ana mientras las dos tomaban asiento en el tren que las llevaba de vuelta a Alicante—. ¿Qué has hecho durante toda la mañana? ¿Cuándo saliste del hotel? No te escuché. ¿Por qué no contestabas a mis llamadas? ¿Por qué tienes el brazo vendado? ¿Qué te ha pasado? ¡Me tenías muy preocupada!

Ana escuchaba la voz de su madre como si fuera un lejano pitido que ya ni siquiera le molestaba. No quería explicarle todo lo que había ocurrido. Principalmente porque no la creería. ¿Cómo decirle que un hombre de humo la había atacado? ¿Que otra persona la había salvado, y que esta había resultado ser un amigo de su padre? ¿Y que había descubierto la tienda que visitó siendo niña, basado todo en un sueño? Era algo absurdo.

En lugar de eso, decidió pensar en todo lo que Bastien le había contado dentro de la tienda.

Él la miraba asombrado. No podía creer que aquella chica, aunque fuera la hija de Jean-Jacques Faure, hubiera conseguido abrir a la primera la puerta del local. A él, en su momento, le costó diez intentos conseguirlo.

Ana avanzó por el interior y comprobó que el lugar era diminuto. Tan solo un mostrador con una estantería detrás. En ella había libros, cuadros, esculturas, espadas, catalejos, telescopios, astrolabios, pedazos de coral, estrellas de mar, espejos...

—¿Quieres saber qué hacía tu padre? —le preguntó Bastien—. ¿Cómo se ganaba la vida?

Ana asintió y Bastien se colocó trás el mostrador, cruzó los brazos y una congoja le atravesó al saber que Jean no volvería a pisar aquel sitio. Aún no se había hecho a la idea de que estaba muerto.

—Esto es la Casa Faure —le dijo con un tono pomposo, recuperando la compostura al ver a la hija de su amigo frente a él—. Hogar y refugio de los objetos olvidados. Extraños. Invisibles. Imposibles. O la tienda secreta, como me gusta llamarla a mí. Cosas que solo unos ojos bien entrenados pueden apreciar.

Acercó su barba a Ana.

—Aquí tu padre ha trabajado más de quince años. Siete de ellos conmigo como ayudante. Parece una tienda de antigüedades más, pero solo se venden objetos muy concretos que para la mayoría no tienen ningún valor, o que según algunos historiadores ni siquiera existieron. Despreciadas por los museos porque son incompatibles con la Historia. E incluso con las leyes de la naturaleza.

—¿Te refieres a objetos mágicos como el Santo

Grial? ¿O la Mesa del Rey Salomón?

Bastien sacudió una mano en el aire, despreciando lo que escuchaba.

—¡Bah! Demasiado rimbombantes y pretenciosos. Y aburridos. No. Yo hablo de cosas más pequeñas. Conocidas por muy poca gente, de las que apenas hay pruebas de su existencia y que están perdidas en la leyenda. Pero cuando se demuestra que existen realmente, hay gente que paga verdaderas fortunas por tenerlas. Esas personas acudían a tu padre para que las encontrara. —Miró a su alrededor y un manto de nostalgia le cubrió los ojos—. ¡Y vaya si lo hacía!

—¿Cómo son esos objetos?

Bastien abrió el chaleco que portaba y con cuidado sacó el arma con la que el hombre de humo los había atacado. Era un estilete estrecho y muy ligero y se encontraba plegado.

—Hazte a un lado, Ana —le advirtió.

Con el dedo índice tanteó uno de los extremos del arma y pulsó un pequeño saliente. Con la rapidez de un rayo, y sin hacer apenas ruido, el estilete creció hasta el doble de su tamaño. Su aspecto era extraño: no se parecía a un puñal ni a una daga, porque carecía de filo. Su punta era redondeada. A Ana solo le pareció un trozo de metal brillante. Pero Bastien la corrigió.

—Gracias a Jean he visto un par de estas. Está fabricada en plata y no es ni una espada ni una pistola. Fue creada a principios del Siglo XV para combates cuerpo a cuerpo, o duelos, pero también fue muy utilizada por ladrones, ya que es sencilla de utilizar. — Del mostrador tomó un par de folios gruesos y amarillentos, similares a pergaminos—. Solo tienes que rozar la piel de tu enemigo con ella. Entonces el arma se activa de forma automática y...

¡CHAK!

Una lluvia de papeles descendió sobre la tienda. En solo un segundo, el folio había quedado troceado en mil pedazos. Del tubo grande del estilete salía otro más pequeño, también plateado, que atravesaba el papel. Luego se abría, y de su interior aparecía un abanico de metal, que girando como un torbellino se expandía en todas direcciones. El papel, en contacto con aquella especie de batidora mecánica, era convertido en pulpa. Antes de que los primeros pedacitos cayeran al suelo, el arma se volvió a cerrar.

Recordó Ana lo que el forense había contado a los gendarmes tras realizar la autopsia de su padre. «Arma desconocida».

Bastien la plegó.

—No quiero ni pensar lo que esto le hizo a Jean. Lo mejor será destruirla.

Ana lo detuvo, perpleja por el brillo de aquel artilugio. Lo que había matado a su padre era un utensilio horrible y perverso, un mal que había sobrevivido al paso de los siglos solo para seguir haciendo daño... Pero que a la vez era terriblemente bello, y podría serles útil en el futuro.

—Lo que no entiendo es por qué lo atacaron. ¿Qué estaba investigando ahora mi padre? ¿Por qué te dijo que me siguieras?

El rostro de Bastien se ensombreció.

—Es lo único que me preguntaba mientras viajaba

a España tras tus pasos. ¿Por qué estoy siguiendo a esta chica y su madre? ¿Qué información tienen que le parece a Jean tan importante? Ahora se ha desvelado todo: tu padre sabía que estaba en peligro. Que en cualquier momento podían acabar con él. Por eso quiso que yo te vigilara, para alejarme de cualquier amenaza y para protegerte a ti. —Se llevó un dedo a los labios—. Un momento...

Bastien rebuscó por el interior del mostrador. Por el ruido que hacía, a Ana le pareció que abría un montón de cajones, en cuyo interior resonaban cientos de pequeños objetos. Mientras tanto Ana caminó por la tienda, analizándola. Quería asimilar todos sus colores, su ambiente, su olor. La estantería situada al fondo la seguía fascinando. Aquel desorden de cosas colocadas en un equilibrio casi imposible era como una puerta a una infinita cantidad de historias. Se acercó a ella cuando Bastien encontró lo que andaba buscando. Colocó una pequeña tarjeta sobre el mostrador.

—Esto es lo último en lo que Jean trabajaba. Al principio pensé que era un encargo más, pero luego me di cuenta de que nadie le había pedido hallarlo. Era él quien quería encontrarlo.

Bastien señaló la tarjeta con un dedo.

—Este fue el dibujo que hizo Jean después de que yo le insistiera en ayudarlo. Unos pocos trazos donde, junto a una sonrisa, me dijo: «Es solo una cosa insignificante. Un pequeño entretenimiento. No hace falta que tú también pierdas el tiempo».

Ana vio las líneas con las que su padre había realizado el pequeño dibujo: dos grandes círculos unidos por una recta y dos líneas que salían de cada uno de los círculos.

—¿Unas gafas? —murmuró.

—Anteojos sería un término más preciso. Y tranquila, yo puse la misma cara que tú cuando los vi.

Eran unas gafas de aspecto anticuado. Los cristales eran redondos y estaban unidos por un grueso puente. Las patillas eran largas y retorcidas, como hechas de alambre. Y junto al objeto había escrita una letra. Una V.

—No comprendo qué puede tener esto de valor —dijo Ana, confundida.

—Si hay una cosa que he aprendido en este negocio es que nunca te fíes de las apariencias de un objeto, por insulso o inservible que parezca. Si estas gafas eran importantes para tu padre, es porque hay algo extraordinario en ellas. Pero está oculto. Por alguna razón, Jean quería hacerse con ellas. Pero alguien se lo impidió.

Bastien le entregó a Ana el dibujo.

—Si algo puede aclarar la muerte de tu padre es este dibujo. Si fuera más responsable, te diría que lo mejor es que los dos olvidásemos este asunto. Es demasiado peligroso. Tu padre presintió ese peligro, y aún así no pudo hacer nada por escapar de él. Nosotros tampoco podremos hacerlo. Pero también sé que siendo hija de quien eres, serás tan cabezota como Jean. Sentirás un impulso más fuerte que cualquier instinto de supervivencia y continuarás la investigación allí donde él la dejó. Y un servidor, mal que me pese, actuará de la misma manera, porque todo lo ahora soy se lo debo a tu padre. Si no fuera por él, ahora estaría enterrado en el cementerio de León, con el hígado hecho papilla por una cirrosis o algún navajazo. Así que yo también seguiré adelante.

—Gracias... —dijo Ana. Después miró de nuevo hacia la estantería de la tienda y vio algo extraño en ella. Se acercó, y al tenerla más cerca le pareció menos corpórea, más plana. Fue a tocar lo que pensaba que era una de las estatuas que había allí colocadas, cuando su dedo no chocó contra algo rocoso, sino contra una pared.

Bastien rio en una cálida carcajada.

—Los objetos están pintados.

—¿Lo hizo mi padre?

— Tardó más de un año en terminarlo, según me contó. El único de sus dibujos que ha llegado a ser más que un esbozo. Como ves, es un engaño perfecto. Pero está ahí por un motivo.

—¿Cuál? —preguntó Ana sin dejar de acariciar el mural.

—Para esconder algo. Lo más valioso de esta tienda.

¿Se trata de otra puerta?, pensó Ana, justo cuando su teléfono móvil empezó a sonar.

Era su madre.

Llegó a Alicante a las siete y media de la tarde. Al contrario del viaje de ida, este se le pasó tan rápido como una ensoñación. Era como si hubiera caído dentro de un cuento, donde lo real y lo extraño se mezclaba de tal manera que formaban un todo inseparable.

Aún así, el choque entre Nyons y su ciudad resultó demasiado acusado. Nada más pisarla, se sintió agobiada, alterada, dentro de un lugar que no sentía suyo.

—Espero que este viaje te haya servido para comprender la clase de persona que era tu padre —le dijo Isabel cuando llegaron a su casa—. Y lo que ocurre si llevas un determinado estilo de vida.

—Lo he entendido a la perfección, mamá —respondió Ana, mordiéndose la lengua para no hablar más de lo necesario.

Isabel quedó pensativa. A pesar de que su hija se había negado a contarle lo que había hecho cuando salió del hotel, se convenció de que era imposible que hubiera descubierto algo sobre Jean, o sobre su tienda.

Era solo una cría cuando Jean y ella la llevaron a Nyons, porque no dejaba de llorar cada vez que su padre se iba de viaje. Jean dijo que lo mejor era pasar allí unos días y enseñarle a Ana dónde trabajaba. La idea resultó un desastre. Cuando llevó a Ana hasta la tienda, a través de una serie de pasadizos oscuros y angostos, su hija empezó a llorar desconsolada. Su padre la tomó en brazos y la acercó al dibujo del ave Fénix, diciéndole que no tuviera miedo, pero Ana lloró aún más fuerte. Isabel se la arrebató y juró que jamás dejaría que su hija volviera a ese sitio.

Ana, por su parte, sabía que su madre le había mentido, pero no tenía fuerzas para discutir. Tampoco quería preocuparla. Durante los dos días siguientes, disimuló y actuó como si le hubiera decepcionado conocer a su padre, resultándole alguien desconocido, tal y como Isabel quería que lo viera. Pero al tercer día no pudo aguantar por más tiempo, y quedó en la universidad con su amiga Erika para explicarle su plan.

—¿Que quieres ver a quién? —dijo Erika dando un salto en su silla y haciendo temblar los cafés y el par de cruasanes que habían pedido para desayunar. Estaban sentadas en el Club Social II, justo al lado de la facultad de Derecho—. Creo que el viaje a Francia te ha dejado un poco gilipollas.

Ana se acercó a Erika.

—Estoy más viva que nunca —le confesó.

—Eso es lo que dicen los viejos del geriátrico antes de morirse.

—¿Me ayudarás?

Erika encendió un cigarro. Le dio una calada y se pasó una mano por el pelo, levantando su flequillo rubio.

—Pero es que todo lo que me has contado... Lo de la tienda. Ese Sebastián, Bastien, o como se llame, que ha resultado ser el conductor del coche que te seguía. Esas misteriosas gafas. Y la herida en el brazo, que no me has querido explicar cómo te has hecho. No sé qué pensar.

—Seguro que lo que me has dicho siempre: que soy una fantasiosa. Que vivo de sueños y no de realidades.

—Y ahora quieres ponerte a indagar sobre esas gafas que buscaba tu padre.

—Son unos anteojos...

—¡Unas vulgares gafas!

—Pero por culpa de ellas lo han matado. Aunque todavía no sé por qué.

Erika dio otra calada. Se tragó el humo junto a un sorbo de café.

—Y con todos los datos que dispones has llegado

a la conclusión que, de entre todas las personas que pueden ayudarte, la más adecuada es... ¿ese friki de la biblioteca?

—Sus gustos son distintos a los del resto. Además, tú no lo conoces.

—Pero me has hablado de él. Me cuentas que nunca sale de la biblioteca general. Y que ni siquiera va a clase. ¿Eso te parece normal?

—Yo también me escapo siempre que puedo.

—Uno no puede ser empollón y a la vez no pisar una clase.

Ana rozó con sus dedos los pendientes de su oreja izquierda.

—Pues a mí me resulta interesante.

El humo se quedó atragantado en la garganta de Erika.

—¡Con que es eso! —exclamó entre toses—. ¡Te gusta ese tío! Vale, entonces no me vengas con excusas. Habla con él... Vaya, y yo que creía que estaba ante una futura monja de clausura.

—Solo lo he visto unas cuantas veces. De lejos. No puedo decir que lo conozca. Pero antes de hablar con él quería pedirte un favor.

—Dime...

—Le he dicho a mi madre que hoy pasaría el día contigo. No contestaré el móvil, por lo que si quiere saber dónde estoy te llamará a ti. Tendrás que convencerla de que todo va bien.

—¿Solo eso? —preguntó Erika—. Pensaba que me ibas a encomendar una misión más arriesgada. Después de la aventura en la estación me había quedado con ganas de más.

Ana bebió un último sorbo de café y se levantó de la silla.

—Si todo sale bien, no dudes de que volveré a contar contigo.

—De acuerdo. Cuídate, Lara Croft.

Encontró al chico en el mismo lugar de siempre. En la segunda planta de la biblioteca de Filosofía y Letras, en uno de los extremos de la sala. Su mesa estaba cubierta de libros, colocados unos sobre otros formando una trinchera alrededor de la silla donde pasaba horas y horas escribiendo lo que parecía ser una tesis doctoral o algo por el estilo. En los dos años que llevaba Ana en la universidad lo había visto allí cada día.

A ella también le gustaba esa biblioteca, y en ocasiones, cuando se escaqueaba de alguna clase, lo que más le gustaba era ir allí y perderse entre sus miles de volúmenes.

Cruzó un par de pasillos hasta que dio con él. El chico, que aparentaba tener cuatro o cinco años más que ella, rebuscaba entre las estanterías. Ana se fijó en sus dedos moviéndose de un libro a otro con extrema rapidez, y el contraste de estos con la casi total falta de expresión de su rostro. Era alto, desgarbado, estaba despeinado e iba vestido con una aburrida camisa gris.

Es igual que Lovecraft de joven, le habría dicho Erika, partiéndose de risa si lo hubiera visto.

No sabía cómo acercarse a él. Ni cómo disimular la curiosidad que sentía hacia su persona. Estaba segura de que su aspecto era horrible. Con unas marcadas ojeras después de pasar las últimas noches sin dormir. Con el pelo mal recogido en una coleta. Con mucho culo y poco pecho. Y con aquellas gafas que no pegaban nada con ella. Se las quitó, y gracias a su miopía Ana consiguió templar sus nervios y caminó hasta él con el dibujo de los anteojos en la mano.

Sin más miramientos le extendió la tarjeta, junto a una de sus más encantadoras sonrisas, cuando el chico le dijo:

—No pienso ayudarte.

La sonrisa de Ana se transformó en un bloque de hielo.

—¿Cómo? Pero si aún no te he explicado...

—No te prestaré mis esquemas para que apruebes ese examen de recuperación que tienes en Julio. Ni te haré ese trabajo que tenías que haber entregado hace un mes y que todavía no has empezado. No te guiaré en tu tesis. Ya no hago eso. Ahora tengo otros asuntos a los que dedicar mi tiempo —dijo señalando los libros que tenía a su lado—. Y estoy convencido de que son mucho más interesantes que tú.

El chico ni siquiera miró a Ana. Pronunció cada frase con un tono monótono, y al terminar comenzó a ojear un libro, como si la única opción que le quedaba a Ana fuera marcharse sin hacer mucho ruido.

Un rubor tiñó las mejillas de Ana, pero no de vergüenza, sino de rabia. Vio el libro que el chico tenía abierto —*Historia de la decadencia y caída del Imperio romano* de Edward Gibbon. Cuarto volumen—, y con un manotazo se lo cerró. El estruendo que causó se escuchó por toda la biblioteca, que se encontraba medio vacía porque el curso daba sus últimos coletazos. Ana colocó la tarjeta dibujada sobre la tapa del libro.

—Busco información sobre esto.

El chico miró el lugar donde antes había estado el libro abierto. Después sus ojos enfocaron la tarjeta. A Ana le pareció que la punta de su nariz se movió.

—Y antes de que hables: sé que son solo unas gafas. Pero ¿qué más cosas puedes decirme de ellas?

—¿Por qué me enseñas esto a mi?

Ana aprovechó el pequeño atisbo de atención que había levantado en él.

—Estoy segura de que no hay nadie en toda la universidad que pueda explicarme qué es este objeto salvo tú. Ni siquiera un profesor.

—Haciéndome la pelota no vas a conseguir nada. ¿De dónde has sacado esto?

—Eso no importa.

Por primera vez el chico miró a Ana.

—Dímelo o no te contaré nada.

Ana se fijó en sus ojos. Eran oscuros y apagados.

—Lo dibujó alguien muy importante para mí.

Como un ratón que antes de morder el queso comprueba que no hay ningún gato alrededor, el chico miró a los lados y tomó la tarjeta.

—Me llamo Martín —dijo acercándosela a los ojos—.

—Ana —replicó ella—. ¿Ves algo extraño en el dibujo?

Los labios de Martín apenas se movían cuando hablaba.

—Solo es un garabato. Un puñado de líneas que ni

siquiera tienen una forma definida. Está hecho con prisa y sin prestar atención a los detalles. Hasta la simulación de profundidad que quiere darle con la forma de las patillas es incorrecta. Y aún así, podría decirse que tiene cierta estética. Creo que el término «extraño» se queda muy corto para esto. Ven...

Martín guió a Ana por varios pasillos. Dando grandes zancadas, era como si cada parte de su cuerpo actuara de forma independiente. Las piernas se movían con rapidez, mientras los brazos se balanceaban pausados. Su cara parecía hecha de cera, donde no movía ni un músculo en una eterna expresión de apatía; pero al mismo tiempo no dejaba de mirar el dibujo.

Pararon en la sección que Martín buscaba.

—Este libro te servirá para entender los conceptos básicos de la óptica. Este es necesario para comprender las propiedades de la luz. El *Tratado de los Colores* de Goethe también es indispensable para tener una buena base.

Los colocó formando una torre sobre los brazos de Ana.

—Martín, espera...

—También necesitas uno que hable sobre fabricación de lentes a través de la historia. Y sobre la anatomía del ojo.

—¡Martín!

El chico desvió con lentitud la vista hacia Ana.

—No tengo tiempo para leer todo esto —dijo ella—. No busco información sobre unos anteojos, sino sobre estos anteojos. Quiero encontrarlos.

—Pero eso es imposible —dijo Martín

parpadeando—. ¿Cómo vas a hallar unas gafas concretas entre los cientos, miles de millones que se han fabricado a lo largo de la historia?

Ana arrugó el ceño.

—Por eso quería hablar contigo. Porque creía que tú podrías ponerme sobre la pista.

La frase golpeó el ego de Martín más de lo que pudo disimular.

—Yo solo sé de libros —dijo—. Para aventuras sin fundamento será mejor que busques a otra persona.

—Pero ¿qué crees que es lo que te estoy pidiendo? ¿Un capricho?

Martín miró el dibujo. Le pareció simple y estúpido.

—Una chica atractiva con cara de tener pocas preocupaciones en la vida, dedica su tiempo a indagar sobre un extraño dibujo que un familiar realizó. Su padre o tal vez un hermano. No. Está claro que fue su padre. Las relaciones paterno filiares dan mucho juego. Después, seguramente, el papá se lió con la secretaria y se largó de casa, dejándola sola, triste y afligida, y durante toda su pubertad y madurez se ha dedicado a encontrarle algún sentido a aquel garabato, añadiéndole valores positivos con el único fin de enmascarar la realidad. Sin comprender que la solución no se encuentra en ningún dibujo, sino en una afirmación que se ha negado a reconocer en todo este tiempo, y que es la única verdad: que su padre es un verdadero hijo de puta.

Entonces Martín se dio media vuelta y empezó a caminar a paso lento en dirección contraria.

A Ana le temblaban las manos. Su primer pensamiento fue agarrar los libros que llevaba encima y estrellarlos contra la cabeza de aquel engreído. La pasividad con la que había soltado las frases más hirientes le dieron ganas de estrangularlo. Lo malo fue que lo que Martín le había dicho llegó hasta su interior. ¿Eso era lo que ocurría? ¿Realmente su empeño por investigar a su padre solo eran los deseos de una niña consentida?

—A mi padre lo han matado —murmuró en dirección a la espalda de Martín—.

Él no la escuchó.

Ana habló más fuerte.

—Lo han asesinado.

La figura de Martín estaba a punto de desaparecer tras una esquina.

Ana gritó con todas sus fuerzas.

—¡A mi padre lo han asesinado!

—¡Sshhh! —chistaron varias voces, pidiendo silencio, sin ni siquiera entender lo que habían oído.

Martín se volvió.

—¿Asesinado?

—Y no voy a parar hasta que descubra quién lo ha hecho. Y ese dibujo puede ser la clave.

—¿Dónde ha muerto?

—En Nyons.

—¿Y por qué no has empezado por ahí?

—Por qué hasta ahora no has dejado de comportarte como un imbécil. —Ana resopló—. Vale, tú ganas. Me quedaré con estos libros. —Cansada de sujetarlos, los dejó sobre la estantería que tenía al lado—.

Pero necesito algo más.

—Quieres hacer trabajo de campo, ¿verdad? Hablar con gente, ensuciarte las manos, tentar el peligro. Puedo darte eso, aunque no le encuentro el sentido... Qué manía tiene la gente con relacionarse, cuando unas pocas líneas bien escritas en un libro valen por mil conversaciones. Además, ¿qué gano yo con esto?

—Pon tú el precio.

—No quiero dinero. Tiene que ser otra cosa.

Los ojos de Martín miraban en dirección al suelo. Bailaron pensativos, hasta que de pronto quedaron fijos en un punto y se tornaron más brillantes.

—Quiero tu número de teléfono.

—¿Qué?

—Lo necesito para enviarte la información que buscas. Las personas con las que puedes hablar —dijo como si en el fondo estuviera pensando en otra cosa—. Sobre el precio negociaremos en otra ocasión.

Ana se lo dio, tomó los libros, y cuando fue a despedirse de Martín, este ya se había separado de su lado.

A Ana le pareció que había hablado más con un fantasma que con una persona.

En la planta baja, Eva, una de las bibliotecarias, observaba los volúmenes que aquella estudiante deseaba pedir en préstamo. Eran tan dispares como extraños, y pensó que si cada libro desvela una parte de la vida de quien lo lee, detrás de aquella chica habría una historia de lo más interesante. Ana, ensimismada, los metió todos dentro de su mochila, y al salir por la puerta sonó su teléfono.

Era un mensaje de Martín: las direcciones de tres lugares que podía visitar y donde encontraría más información.

—Buen chico —dijo con una sonrisa, y pensando que no había sido tan mala idea hablar con Martín.

En el fondo, era tal y como se lo había imaginado. Frio, cortante, desconsiderado. Y la había llamado «Chica atractiva con cara de no tener demasiadas preocupaciones». *Atractiva*. El rostro de Martín, aunque apático, no le desagradó. A continuación sacudió la cabeza, espantando aquellos pensamientos.

—No seas idiota, Ana. Es un capullo.

Continuó caminando. Pero no pudo borrar la sonrisa.

CAPÍTULO 6

Los treinta y cuatro grados de temperatura y el setenta y cinco por ciento de humedad, hacían que gotas de sudor cayeran por cada poro de la piel de Ana. Tenía por delante la visita a tres tiendas de antigüedades que, según Martín, le darían datos de primera mano sobre el paradero de los anteojos.

Al entrar en la primera, situada cerca del Mercado Central, el frío del aire acondicionado alivió en parte su sofoco. Moviendo su camiseta para refrescarse, Ana comprobó que la tienda era grande, aunque de aspecto minimalista, con las paredes pintadas de color salmón, y donde apenas había objetos a la venta.

—¿En qué puedo ayudarle, joven? Mi nombre es Jesús Zárate —dijo una voz desde el fondo. El hombre se acercó a Ana y le echó un vistazo de arriba a abajo, como si tuviera delante a un tipo de persona que no solía aparecer por su tienda. Se ajustó la corbata y con el índice y el pulgar se pellizcó el bigote, apenas una fina línea que cruzaba su labio superior.

—Hola, gracias por atenderme —dijo Ana. Por el camino había ideado una excusa para hacer preguntas sin parecer demasiado impertinente—. Verá, soy una estudiante de Historia que está escribiendo su tesis y me preguntaba si...

Ana vio cómo el bigote del anticuario se torcía hacia un lado.

—Y me preguntaba si usted me podría ayudar y proporcionarme alguna información sobre este objeto. —Enfadada consigo misma por su torpe explicación, le mostró el dibujo—.

Con las manos colocadas detrás de la espalda, el hombre observó la tarjeta. Ana pensó que si estaba habituado a tratar con antigüedades, sabría enseguida si lo que le mostraba era algo importante. Pero el hombre solo se encogió de hombros.

—¿Qué quiere que vea aquí, señorita?

—Son unos anteojos.

—Sé lo que son. Pero ¿qué quiere saber de ellos?

—A qué época pertenecen. Quién los fabricó. Y si sería posible encontrar unos iguales.

El anticuario fijó una suspicaz mirada en Ana.

—Pero ¿usted tiene dinero para pagar unas lentes como esas?

La mentira llegó Ana con la rapidez necesaria.

—La tesis la estoy escribiendo gracias a una generosa beca. Podría utilizar parte de los fondos para pagar. En caso de encontrarlas, claro.

—Con eso no tiene usted ni para empezar —replicó el hombre, pero al pellizcarse otra vez el bigote, Ana vio cómo unos dientes pequeños y blancos sobresalían en una risita que revelaba avaricia—. De todas formas, veamos lo que podemos hacer.

El anticuario la llevó hasta un despacho, al final de la tienda. Estaba decorado de muebles de color blanco, incluido el escritorio, del cual sacó un catálogo y lo colocó en un atril, también blanco. Ana leyó el título: «Subastas Claymore, Colección 2014». Tras abrirlo, el hombre señaló uno de los objetos.

—Mire, aquí hay algo. Unas gafas parecidas a las suyas. De lentes circulares. Realizadas en oro de dieciocho quilates. Fabricadas a mediados del siglo XX.

—Creo que son demasiado modernas.

—Puede ser. De todos modos, su precio solo está al alcance de muy pocas personas...

Ana pensó si tendría que lidiar con gente tan impertinente como aquel hombre en cada paso que diera en su búsqueda.

—Esto también es interesante. Un set oftalmológico de mediados de los años treinta. Se trata de una mesa dividida en una serie de cubículos, donde se guardaban las lentes con la que se comprobaba la vista de los pacientes. Como puede ver, tiene más de treinta lentes distintas. Todas en buen estado.

—Disculpe, pero esta cosa no tiene nada que ver con lo que le he enseñado.

Deleitándose con cada objeto que se parecía, aunque fuera de forma remota, a las lentes, el hombre le explicó características de docenas de gafas de todo tiempo y procedencia: de la primera guerra mundial. Con incrustaciones de diamantes. De formas triangulares, cuadradas u octogonales. Binoculares de teatro o monóculos.

Ana dejó de mirar el catálogo y se fijó en la frente del anticuario y observó cómo, a pesar del aire acondicionado, al hombre le bajó una gota de sudor hasta quedarle justo encima del bigotillo.

¿Le estaba mintiendo? Eso le pareció. Su tono pedante y redicho parecía tener como único objetivo aburrirla, y que, cansada, abandonara la tienda. Como si se hubiera activado una alarma en el anticuario al ver aquellos anteojos. Un sistema de vigilancia que le decía que tenía que apartar del camino a cualquiera que buscara ese objeto.

Gracias a la falsedad de Jesús Zárate, Ana descubrió que iba por el buen camino, o que al menos lo que buscaba tenía un significado para los conocedores del tema. Pero ¿por qué mentirle en vez de ayudarla?

—Y esto es todo lo que está disponible ahora mismo sobre esas gafas —concluyó el anticuario—. ¿Algo que le interese?

—Creo que he visto suficiente.

Un silencio se instaló entre los dos, tan solo roto por el ronroneo del aire acondicionado. Ana entonces recordó algo.

—Solo una pregunta más: ¿conoce un lugar llamado Casa Faure? Es otra tienda de antigüedades, como la suya. Me la han recomendado para completar mi trabajo. ¿Está situada cerca de aquí? ¿En Alicante?

El pelo del hombre amenazó con encanecer al escuchar aquello.

—No tengo constancia de ningún sitio que se llame así —contestó con rapidez—. Y la verdad es que no sé por qué está visitando tiendas de antigüedades. Si lo que quiere saber es sobre gafas, vaya a una óptica.

Su frase no pudo ser más reveladora.

Ana, con una fingida cara de decepción, se despidió dándole las gracias y salió del establecimiento.

Cruzó la calle, pero antes de ir hasta la siguiente dirección, volvió sobre sus pasos y miró de nuevo hacia la tienda: Jesús Zárate, en el escritorio de su despacho, sostenía el auricular de un teléfono. Su boca se movía igual que un perro ladrando. Estaba corriendo la voz de que alguien preguntaba por algo por lo que no se debía preguntar. Una mocosa con una mochila a cuestas, que contaba mentiras sobre una tesis doctoral, cuando no tenía ni la edad para realizarla.

Buscando el siguiente destino antes de que el resto de anticuarios supieran de su existencia, se apresuró en llegar hasta la segunda tienda. Al entrar lo recibió el dueño, y con solo mirarlo comprobó que era todo lo opuesto al anterior que había conocido.

Este era alto, pero sus formas rechonchas lo hacían parecer de una estatura inferior. Iba ataviado con unas gafas colgadas al cuello y tenía una calva tan brillante que las luces de la tienda rebotaban en ella y formaban una aureola a su alrededor igual a la de un santo.

—¡Buenos días! ¡Oh! ¡Bella luz que ilumina esta tienda sombría! Soy Esteban Montes —le dijo nada más entrar—. Si buscas algo moderno, poco puedo hacer por ti. Si buscas algo antiguo, tal vez pueda ayudarte. Pero si buscas alguien con quien hablar, estás en el lugar indicado.

—Es una mezcla [mixture] de las tres —dijo Ana como respuesta.

—No temas. Acércate. De los anticuarios solo necesitas saber dos cosas: que somos los seres más inofensivos del mundo... y a la vez los más mentirosos.

Aquella verdad disfrazada de ironía la tranquilizó.

—Busco esto, exactamente —le dijo, mostrándole el dibujo.

El hombre se ajustó las gafas.

—¡Oh! ¡Lentes! ¡Cristales! ¡Capaces de que el ojo vea lo que antes permanecía escondido! Muy interesante. ¿Sabías que la invención de las gafas trajo consigo la mayor expansión de la cultura de la historia? Imagínate, millones de personas con problemas de vista que, de pronto, podían acceder a los libros, a la Historia, al Arte. El primer hombre que se probó unas lentes tuvo que pensar que hasta ese momento había estado viviendo en un mundo distinto al real. Y por la forma en la que están dibujadas estas, me da la sensación de que son del mismo estilo. De las que si te las pusieras, pondrían patas arriba tu visión de las cosas. ¿Me equivoco?

—Creo que eso es más un deseo [wish] que una certeza. [certainty]

—¿Sabes de qué época son?

Ana negó con la cabeza. Al fin datos que podrían llevarla a alguna parte.

—No puedo darte una fecha precisa, pero por la forma de las lentes y de las patillas parecen fabricadas a mediados del siglo XVIII. Unas gafas modernas en todos los sentidos. —Esteban se quitó las suyas y las dejó al lado de las dibujadas—. ¿Ves? Son casi idénticas. Y es curioso cómo el paso de los años ha hecho que las que buscas hayan ganado valor histórico, mientras las mías todavía no tienen ninguno... Aunque con un par de siglos encima, estas se convertirían en una reliquia que se disputarían los más ricos coleccionistas.

—¿Y cómo podría dar con las del dibujo? —le cortó Ana.

—¡Paciencia, damisela, y al mismo tiempo mil perdones! Tengo una forma de hablar que hasta a mí mismo me cuesta seguir en ocasiones, y a veces tengo que dar varios rodeos para encontrarme. Es lo que iba a explicarte a continuación.

Esteban recorrió con la mirada el interior de su tienda, y entre un montón de periódicos que había apilados en un rincón tomó uno.

—¿Qué cosa hace que una antigüedad se convierta en lo que es? ¿Solo el paso del tiempo? —Señaló el diario—. Este periódico es de ayer. ¿Se puede considerar una antigüedad? No. ¿Y si lo vieras dentro de un año? Tampoco. ¿Y dentro de un siglo? ¿Y dentro de diez siglos? Es probable, pero no es seguro. En primer lugar, y si solo hablamos de conservación, habría que guardar este periódico en un sitio donde no fuera pasto de los insectos o de la humedad. Eso ya es complicado. Quizá alguien logre mantenerlo en buen estado durante toda su vida, pero después viene otro y sus hojas acaban siendo utilizadas para rellenar el fondo de un zapato o como mecha para encender el fuego de una chimenea. Y estamos hablando de un periódico, con miles de copias todas iguales. La cosa se complica si además se trata de un objeto único.

—¿Qué me quiere decir con eso?

—Que es imposible que encuentres esas gafas. Si, como sospechamos, no son unos anteojos comunes, lo más seguro es que hayan sido destruidos. Olvídate de reliquias ocultas custodiadas por sabios venerables. La estupidez es lo único que guía el mundo, y si alguna vez esos anteojos tuvieron un poder o una utilidad especiales, lo más seguro es que los redujeron a cenizas al poco de inventarse.

Ana se negó a creerlo. ¿Aquel anticuario también intentaba apartarla de su objetivo?

—Estoy segura de que esa cosa existe.

—Y ¿cómo lo sabes, joven princesa?

—Hay más personas buscándolo. Y sé que esa gente es capaz de hacer cualquier cosa por conseguirlo.

—Si por «cualquier cosa» te refieres a robar, herir, incluso matar... Están haciendo daño a cambio de nada. Y tú, si no andas con ojo, puedes convertirte en una de ellos.

—Lo que menos me importa son esos anteojos. Y me es indiferente si alguna vez existieron o no. Solo sé que por ellos han ocurrido cosas horribles. Y quiero descubrir a los responsables.

Esteban se rascó una nuca de la que sobresalían unas gruesas y ondulantes arrugas, que como una cascada le bajaban por el cuello. Miró a Ana con preocupación, pero también con algo de envidia.

—Es un placer ver la irresponsabilidad de la gente joven. Porque es justo lo contrario de la estupidez de la que te hablaba. El estúpido sabe que lo es, y se enorgullece de ello. La juventud, en cambio, actúa sin pensar. Y eso es bueno... Aún recuerdo cuando abrí esta tienda. Tenía veintiséis años. En aquel momento no te habría dado ningún sermón. Al contrario. ¡Abría salido a la aventura junto a ti! Pero a cada edad le corresponde una visión del mundo, y ahora, con los cincuenta bien pasados, solo puedo decirte que tengas cuidado. Eres una flor demasiado bonita para que alguien la pisotee. Es lo único que te puedo decir.

Las esperanzas que Ana había depositado en aquella segunda tienda se desinflaron de golpe tras un prometedor comienzo. La precaución volvía a aparecer en relación con las lentes.

Dejó a Esteban a solas con sus pensamientos, sintiéndose culpable por haber desenterrado en aquel hombre emociones que le habían costado una vida entera disimular. Aún así, el anticuario se despidió de Ana con un último aliento de ánimo, pensando que si tal vez su camino como cazador de antigüedades había terminado, ella podría ser capaz de mantener viva la pasión y la curiosidad.

—Hasta siempre, ¡oh! luz de esta tienda. Y que tus ojos grises nunca pierdan el brillo.

Dos tiendas visitadas, pensó Ana. Cada una tan distinta de la otra como el día y la noche. Grandes expectativas a la entrada. Escasos resultados a la salida. Y solo un sitio más al que ir. Estaba situado cerca del Ayuntamiento, cuyas formas barrocas se distinguían a menos de cincuenta metros de distancia. La fachada era similar a la de la tienda de Jesús Zárate, con una puerta blanca que le hizo pensar en otro establecimiento estirado y con ínfulas de grandeza. Además, esta no tenía escaparate: todos los cristales eran opacos, ocultando lo que había en su interior. Y era necesario tocar un timbre para entrar.

Dudando si la ayuda de Martín había sido tal, o si, por el contrario, ahora estaría riéndose a carcajadas por haber engañado a la que consideraba una simple impertinente, pulsó con escasa convicción el timbre. Sin embargo, la puerta enseguida emitió un zumbido y la dejó pasar.

Antes de que sus ojos comprobaran, con gran sorpresa, que el interior de la tienda era muy distinto de lo que se intuía en su entrada, el sentido que le quedó más aturdido fue su olfato, a causa de un olor imposible de definir, compuesto por centenares de aromas distintos, macerados entre las vigas de madera y los muebles con incontables años.

No solo olía a aceites y a abrillantador, cuyo perfume se introdujo con fuerza en sus fosas nasales, sino también a cajas de madera, donde se embalaban los pedidos, a virutas de serrín y a hojas de diarios, con las que los objetos eran envueltos, y a cordel, con el que los ataban y presentaban a los clientes.

Si su aroma era particular, el aspecto de la tienda no lo era menos. Si en la de Zárate el espacio que ocupaban las antigüedades era mínimo, y en la de Esteban Montes todo era un desorden, aquí había cientos de objetos, pero todos eran de un tamaño muy pequeño, cada uno colocado en un hueco específico en las muchas estanterías que había, a modo de diminutos altares. A Ana le evocó el aspecto de una vieja botica, donde las antigüedades ocupaban el lugar de frascos, fórmulas y ungüentos.

Sobre las estanterías había colgado un panel de madera. En él se leía con letras grandes y refinadas la palabra «Benlliure», y frente a ellas también había un mostrador, que por su forma y disposición le recordó al de la tienda de su padre. Sentada en una silla, una mujer con el pelo tan blanco y esponjoso como una nube, repasaba, lápiz en mano, un libro de contabilidad.

—Un momento —dijo al oír entrar a Ana—. Solo un momento...

Acabó la cuenta que la mantenía ocupada, y el resultado hizo que sus cejas se arquearan y adquiriesen la forma de dos montañas nevadas.

—Otro mes que no es para tirar cohetes... —musitó.

Ana caminó hacia la mujer, pero se detuvo cuando solo le quedaba un metro para llegar al mostrador. La mirada de la anciana la atravesó por completo. Tenía los ojos pequeños, almendrados y bañados por un azul intenso, que hacían que mirara igual que una gata. A pesar de sus arrugas, su rostro era radiante, y el pelo canoso, más que avejentarla, hacía que tuviera un aspecto desenfadado y juvenil.

—Vaya, has llegado antes de lo que esperaba. Tu visita ha revolucionado todas las tiendas de antigüedades de Alicante.

—¿Jesús Zárate la ha llamado? —preguntó Ana con desánimo.

—Siento que hayas tenido que aguantar a ese simplón. No he visto a un tipo más relamido en mi vida. Ni siquiera le he respondido cuando me ha dicho que alguien había estado preguntando en su tienda por cierta cosa que se salía de lo normal. Un vendedor de antigüedades que no quiere vender antigüedades. ¿Puede existir alguien más idiota?

Ana mantenía la distancia con la mujer.

—Entonces sabe a lo que vengo.

La mujer salió del mostrador y se colocó frente a Ana. Estiró las manos y envolvió las suyas en un saludo. Las tenía suaves y calientes.

—Por supuesto que lo sé, *xiqueta*. Podemos hablar sin rodeos. Mi nombre es Enriqueta Benlliure. Y tan solo quiero hacerte una pregunta antes de que tú empieces: ¿quién te recomendó venir a esta tienda?

Dudó Ana en si debía decirlo. Lo último que quería era meter a Martín en un lío.

—Un conocido de la universidad.

—¡Hum! Entonces creo que ya sé quién es. Un chico algo raro y arisco, ¿verdad? Uno que tan pronto se muestra abierto y hablador como, sin motivo alguno, silencioso y retraído. Hace unos meses me pidió ayuda para algo relacionado con la carrera que estaba estudiando; pero ahora mismo no recuerdo cuál era. ¿Historia? ¿Filosofía? La verdad es que no me lo explicó muy bien.

—Yo tampoco tengo claro lo que hace.

—Entonces sin duda es él. Es muy inteligente. Sabe de cualquier tema, y si le preguntas, y tiene el ánimo dispuesto, te responderá sin dudarlo. —La señora Benlliure bajó la voz—. Además, y que mi santo esposo, que en paz descanse, no lo oiga: creo que es un chico *molt rebonic*.

La mujer rio cerrando los ojos y tapándose la boca con una mano, igual que una colegiala.

Con otra sonrisa, Ana abrió su mochila y le enseñó los libros recomendados por Martín.

—¡Cómo vas cargada con todo eso! ¡Déjalo ahí, mujer!

Al depositarla en el suelo, Enriqueta vio los títulos de algunos de los tomos.

—No es mala selección para lo que buscas... Nada mala...

Ana le enseñó el dibujo de los anteojos.

—¡Justo lo que había imaginado! —exclamó al echarle un vistazo—. No me extraña que Zárate se haya puesto de los nervios nada más verlo.

—¿Qué me puede contar sobre ellos?

—Que todo lo que te han dicho es erróneo o mentira.

—En otra de las tiendas me dijeron que eran del siglo XVIII.

Enriqueta suspiró.

—Eso confirma lo que te digo. Estos anteojos son mucho más antiguos. Lo sé hasta yo, que no soy ninguna experta. Examina las patillas. Su forma concuerda con modelos más o menos actuales, pero está claro que no son originales. Se trata de un añadido posterior. Fíjate en la montura. Su diseño es distinto, ¿ves? El puente que une las dos lentes tiene forma triangular, y ni siquiera parece que sea del mismo material que el resto. Estos anteojos fueron en principio construidos para ser llevados sobre la nariz.

—¿Igual que unos quevedos?

—Sí. Pero estos se fabricaron antes de que el famoso poeta los pusiera de moda. —La voz de la señora Benlliure se tornó más solemne—. A finales del siglo XIII, por lo menos.

Ocho siglos de antigüedad. Ana sintió de pronto cómo la importancia de aquel objeto se multiplicaba. Su padre había trazado en el dibujo todo lo que había encontrado sobre el mismo, dejando a la vista pistas para aquel que las quisiera ver. Unos anteojos creados hace mucho tiempo, y que habían ido pasando de mano en mano con la discreción de un susurro.

—Incluso podría decirte quién las fabricó —le dijo Enriqueta, señalando la pequeña letra escrita cerca de la montura. La V que los otros anticuarios ni siquiera habían mencionado—. Pero esto ya entra en terrenos más pantanosos, donde es imposible separar realidad de ficción.

—¿Quién fue su creador?

—Si mi teoría es correcta, se llamaba Giordano da Volterra. Un nombre que, en todos los años que llevo tratando con antigüedades, solo he escuchado en dos o tres ocasiones.

—¿Se trataba de un artesano?

—Más o menos... Espera, déjame uno de esos libros que has sacado de la biblioteca. El que se titula *La Visión en el Renacimiento*. Ese. —La mujer lo abrió hasta dar con una determinada página—. Lee este párrafo.

Ana leyó un fragmento que correspondía a la transcripción de un sermón realizado por un dominico llamado Giordano da Pisa en el año 1313, deduciéndose de propio texto que las primeras lentes se construyeron unas décadas antes:

"No han pasado todavía veinte años desde que se descubrió el arte de la fabricación de anteojos, tan buenos para la vista... y yo vi al primero que lo descubrió y practicó, y hablé con él."

—Esa es la primera mención que se hace en la historia al inventor de las gafas. Su nombre es omitido, pero su obra parece ya haberse extendido lo suficiente como para que se hable de ella. Ahora lee este otro párrafo. Aquí habla de un tal Alexandro della Spina, compañero del anterior, y que fue uno de los primeros fabricantes de lentes.

Ana continuó el relato:

"Los anteojos fueron hechos en primer lugar por otra persona, pero contrario a compartirlos. Fue Spina quien los fabricó y los compartió con todo el mundo con espíritu generoso."

—Es decir, Spina supo cómo se fabricaban esas lentes, y a partir de entonces se extendió su uso. Él, tal vez, copió al inventor original, o el inventor permitió a Spina fabricar lentes con su método. Entonces muchos investigadores se preguntaron, con razón: ¿por qué aquel inventor dejó que otros fabricaran algo que tanto le había costado crear? ¿Y si, en realidad, lo que le dio a Spina no fue sino una versión simplificada de su trabajo? Un objeto útil, pero alejado de su verdadera utilidad. Aquí entra en juego el otro Giordano: da Volterra. Existe una corriente de opinión que piensa que él no solo inventó las gafas, o no lo hizo tan solo con la intención de que la gente viera mejor, sino que estas tenían otras propiedades que no difundió. Unas propiedades mágicas, con las que se verían cosas que están fuera del alcance del ojo humano.

—Tan solo falta una pista que indique dónde se encuentran ahora.

—Eso solo lo saben los iniciados en la vida de Giordano da Volterra. Pero por desgracia, yo no soy una de ellos.

—Hasta este momento no tenía ni una época ni un nombre al que agarrarme —dijo Ana, agradecida—. Para mí es más que suficiente.

Enriqueta Benlliure lanzó a Ana una mirada felina, como si todo lo que le había contado no fuera más que un preámbulo de lo que iba a decirle ahora.

—Solo añadir que más interesante que Volterra es la persona que ha realizado tu dibujo.

Ana quedó paralizada.

—No hace falta ser ninguna experta para reconocer la forma de esos garabatos. Solo una persona puede haberlos hecho. Y sé que se apellida igual que tú: Faure.

Era imposible que esa información se la hubiera dado por teléfono Jesús Zárate. Lo que indicaba que aquella mujer había conocido a su padre. Quiso responder, pero las palabras se le quedaron pegadas a la lengua como si la tuviera untada de pegamento.

—*Filleta*, tu padre y yo nos conocemos desde hace muchos años. Bueno, más bien conocía a mi difunto esposo, el Vicentet. Él ayudó a nuestra tienda en los momentos más difíciles. ¡Cómo olvidarme de los dibujos que iba dejando por todas partes! Y cómo ignorar lo que sentía cuando lo veía entrar por la puerta, y que ha sido lo mismo que he sentido cuando tú lo has hecho.

—Señora Benlliure —replicó Ana con algo más de entereza—. Tengo que decirle una cosa. Mi padre, Jean-Jacques...

Los ojos de Enriqueta se abrieron por completo.

—¿Jean ha...? No es posible.

—Murió hace unos pocos días, en Francia.

Conmocionada, Enriqueta Benlliure se llevó la tarjeta con el dibujo a los labios. Después, unió las manos como si fuera a invocar una plegaria, y el dibujo quedó cobijado entre sus palmas. Sus ojos se humedecieron y parpadeó varias veces para contener las lágrimas.

—Hacía tanto que no sabía de él... Tras la muerte de mi marido no volví a verlo. Creía que estaba dando vueltas por el mundo, como siempre, pero no que le hubiera pasado nada malo.

—¿Cuándo fue la última vez que lo vio?

—Hace seis años. Lo recuerdo, porque fue la ocasión en la que le hizo un último favor a Vicentet.

Ana también tuvo que hacer un gran esfuerzo para controlar los sentimientos que la golpearon al escuchar a la señora Benlliure. ¿Seis años? ¿Hacía solo seis años que su padre había estado en Alicante? En esa época ya se había ido de casa, y Ana, con trece años recién cumplidos, lo imaginaba viviendo en un lugar muy lejano.

—¿Cómo ayudó a su marido?

—De la misma forma en que siempre hacía todo en la vida: bailando en el filo de la navaja. El Vicentet, que en Gloria esté, llevaba la tienda más mal que bien. Con mucho empeño pero con poca suerte, aunque su ambición siempre fue grande. Él quería tener una tienda tan importante como la de tu padre en Nyons, y transformar el negocio en «Casa» , que es el título que poseen las tiendas con los objetos más raros, y convertirse en la Casa Benlliure. Pero para eso había que demostrar que se poseía algo de gran valor que fuera imposible de adquirir en otra tienda. Y ahí es donde intervino tu padre. Un día entró aquí y le dijo que había traído una cosa para él. Los cansados ojos de Vicentet se iluminaron. El regalo era nada menos que una vasija íbera del siglo V a.c, de gran tamaño, y que conservaba todos sus adornos. Una maravilla de valor incalculable. La tenía guardada en un lugar de confianza, en un chalet a las afueras de Agost, y el Vicentet solo tendría que ir hasta allí y recogerla. Mi santo esposo no dudó ni un segundo ante la propuesta y salió disparado con su furgoneta hacia aquella dirección. Jean y yo quedamos a solas en la tienda y le agradecí lo que estaba haciendo por nosotros. Jean me miró con esos mismos ojos grises que tú has heredado, y aunque agradecido por mis palabras, me dijo que si había ayudado a mi marido era porque solo de esa forma tenía la oportunidad de venir a Alicante. Y que el verdadero motivo que lo movía no era otro que el de poder ver a su hija, de la que hacía nueve años que no tenía ninguna noticia.

—Pero yo no lo vi —dijo Ana, pensando que la

decisión de su padre de apartarse de su lado no estaba basada en un sentimiento inalterable, sino que había sufrido dudas y cambios—. ¿Por qué se arrepintió en el último momento?

—No lo hizo. Me dijo que había ido hasta tu casa, pero que tu madre no lo dejó pasar. Él insistió, a pesar de que se estaba comportando como uno de esos padres que abandonan a su familia y que, años más tarde, y como si el universo hubiera perdonado sus pecados, regresan queriendo recuperar lo que creen que es suyo.

—¿Qué ocurrió después?

—Jean se fue antes de que el Vicentet regresara con la vasija. No me lo dijo, pero con solo mirarlo deduje que regresaría a Francia con la idea de no volver más por aquí. Estaba lleno de culpa y remordimientos. Las cosas desde entonces tampoco fueron bien para nosotros. La vasija, como la mayoría de las cosas que pasaban por las manos de Jean, era de dudosa procedencia, y al poco surgieron noticias de que la policía la estaba buscando, porque había sido robada de un nacimiento arqueológico. Mi esposo, por tanto, no pudo venderla, y su última oportunidad para dar un empujón a la tienda acabó en nada. Unos meses después enfermó. Y al cabo de un año, ya sin mi Vicentet al lado, y con su sueño malogrado de crear la Casa Benlliure, me convertí en dueña, transformando poco a poco un lugar donde predominaban las piezas grandes —muebles, vasijas, armaduras, cuadros— a este otro, donde cada objeto cabe en la palma de una mano. Ven, me gustaría regalarte uno.

—No es necesario, señora Benlliure —se excusó

Ana, pero la mujer la tomó de la mano y la acercó hasta el mostrador. Allí Ana admiró de cerca todos los objetos que la mujer tenía a la venta, y que unos al lado de otros formaban un bello mosaico. Había anillos y perfume, llaves, copas, camafeos, cubiertos, ceniceros, peines. También barajas de cartas, lupas, juguetes, monedas, dedales, canicas, misales, crucifijos, rosarios, tazas, pendientes, plumas estilográficas...

—¿Qué podemos regalarle a la *xiqueta*? —dijo mirando hacia las estanterías.

Ana no sabía por qué Enriqueta hablaba como si hubiera alguien más en la tienda, a parte de ella. Entonces escuchó una especie de gruñido bajo el mostrador. Se apoyó en él, y al alzarse sobre sus talones para ver mejor, la cabeza de una persona emergió de pronto delante de ella.

—¡Bu!

Ana gritó al verla.

—¡Salvador! —escuchó decir a la señora Benlliure—. ¡Te he dicho que no asustes a los clientes!

—¡Bu! ¡Bu!

—¿Quién...? —tartamudeó Ana—. ¿Quién es?

—Es Salvador, mi hijo. Mil perdones si te ha asustado. Está a punto de cumplir treinta años, pero es tan pequeño y listo como un ratón. Nunca se sabe por dónde va a aparecer. ¿Verdad, *fillet*?

—¡Bu! —dijo Salvador, agarrándose a las faldas de su madre. Ana se fijó en que no superaba el metro veinte de altura. Sus rasgos eran proporcionados, pero junto a su baja estatura parecía tener también algún retraso mental, donde comprendía lo que le decían, pero se expresaba tan solo con una palabra, que pronunciaba en distintos tonos según su estado de ánimo.

—Ahora no podemos jugar, Salvador. Tengo que hablar con esta chica.

—¡Bu!

—Tienes que dejarnos a solas —dijo Enriqueta, y abriendo la caja registradora le dio un billete—. Acércate hasta las heladerías de la playa y cómprate un helado de chocolate, que sé que son los que más te gustan.

Salvador tomó el billete y se lo quedó mirando. La señora Benlliure le puso una mano en el hombro y lo encaró hacia la puerta.

—Vamos, hijo, que tú sabes ir solo.

—¡Bu!

Antes de salir, Salvador miró a Ana. Ella no supo qué decirle y le sonrió de forma amistosa, pero él, de repente, se puso serio, como si hubiera visto algo en ella que no le gustaba, y corrió hacia la salida de la tienda.

—Mi hijo es mucho más inteligente de lo que aparenta. Tendría que ver lo bien que se le da sumar. Y la compañía que me hace. Es mi único consuelo desde que el Vicentet murió... Toma, Ana, esto es para ti.

La señora Benlliure le entregó una pequeña brújula.

—Para que no te desvíes en tu búsqueda.

Ana se despidió de ella agradecida y con una idea clara de su siguiente paso: tenía que hablar de nuevo con Bastien. Y la única forma que tenía de hacerlo era viéndolo en persona. Cuando se despidieron, no tuvieron tiempo de intercambiar sus número de teléfono ni sus direcciones de correo electrónico. Ana se alegró de aquel despiste. Eso la obligaba a ir de nuevo a Nyons. Y esta vez haría todo lo posible para que madre no la acompañara.

Sonó su teléfono móvil y en la pantalla apareció un nuevo mensaje de Martín. Le llegó en un momento tan oportuno, que Ana pensó que la estaba espiando desde algún lugar próximo. El mensaje decía:

Ya sé cómo cobrarme tu deuda. Tu investigación me ha intrigado, y por eso me convertiré en tu sombra durante los próximos días. Sabré todo lo que tú sepas. Iré a donde tú vayas. Y lo siento, pero no puedes oponerte a esta situación, no es algo negociable.

—¡Qué idiota! —rio Ana, al saber que no iba a ser Martín quien se aprovecharía de ella, sino al revés. Ya tenía acompañante para ir a Nyons. Y hasta posiblemente un chófer.

Decidida a preparar cuanto antes el viaje cruzó la calle, cuando al otro lado se topó con Salvador. El hijo de Enriqueta lamía el cucurucho de chocolate que se había comprado y la miraba de la misma forma que lo había hecho antes en la tienda.

Ana alzó una mano.

—Adiós, Salvador.

Pero Salvador encogió sus hombros, haciéndose aún más pequeño de lo que ya era, y dejando caer el cucurucho al suelo salió corriendo, atravesó la calle sin mirar los coches que pasaban y se metió en la tienda de su madre como si hubiera visto al mismo diablo.

—¡Bu! —dijo dando un portazo.

CAPÍTULO 7

Un Peugeot gris recorría la Autopista del Mediterráneo en dirección a Nyons. Había iniciado su viaje a las seis de la mañana. Martín era el conductor. Con las manos fijas en el volante, solo las separaba para cambiar la emisora de radio, que se convirtió en su única forma de comunicarse durante el trayecto: música clásica, rock y pop comercial se alternaban cada pocos minutos, según su estado de ánimo.

En el asiento del copiloto, Ana observaba cómo poco a poco cambiaba el paisaje. De las secas montañas de Alicante a los terrenos cada vez más verdes según avanzaban en dirección norte. De vez en cuando miraba a Martín sin saber qué pensar de él. A penas sabía nada de su vida, y que alguien que se pasaba todos los días dentro de una biblioteca deseara de pronto recorrer más de mil kilómetros hasta un pequeño pueblo de Francia resultaba extraño. Luego se dio cuenta de que Martín tendría una opinión parecida de ella: llevaba en su coche a una loca obsesionada con unas gafas y con la idea de ir hasta un determinado lugar, pero sin detallar por qué razón ni para qué. Si uno de los dos necesitaba dar explicaciones, estaba claro que tenía que ser ella.

—Aún no me puedo creer que esté aquí —escuchó Ana decir en el asiento trasero—. Quiero que sepas que esto lo hago por tu seguridad. Porque no me fío ni un pelo del piloto que te has buscado.

Quien hablaba era Erika. Su amiga no había dudado en acompañarla cuando la llamó por teléfono y le explicó que iba a volver a Nyons; pero cuando le contó que esta vez no haría el viaje en tren, sino en coche, y con Martín, exclamó: «¡Pero si solo has cruzado cuatro palabras con él! ¡Es un viaje de más de diez horas a su lado! ¡Será mejor que no se entere tu madre!». Y al pensar en ella se compincharon para engañarla.

Ana le dijo que, ya que el curso había terminado, pasaría unos días en el apartamento que tenían los padres de Erika en San Juan. Dos o tres días, como mucho. Isabel, creyendo que eso era una señal de que su hija volvía a pensar en cosas típicas de las chicas su edad, le dio permiso.

Recostada sobre el asiento, Erika no perdía de vista el cogote de Martín.

—Espero que no te hayas encoñado demasiado de este tío —dijo en voz alta—. ¿Y si es un violador?

Martín cambió la emisora de radio, y del réquiem de Brahms pasó a escucharse el «Still Loving You» de los Scorpions.

—Es que, míralo, no hay por dónde cogerlo.

—Erika, por favor —pidió Ana—. Quedan muchas horas de viaje por delante, y si existe un momento para que empecemos a confiar los unos en los otros es este. Porque tengo que contaros varias cosas. Cosas que estoy segura que no me vais a creer, pero eso es precisamente lo que queremos combatir, ¿verdad?

—¿Cosas como qué? —preguntó Martín.

Ana y Erika lo miraron. Era la primera palabra que pronunciaba en más de una hora. Ana aprovechó para contarles lo que había descubierto en sus visitas a las tiendas de antigüedades, en especial en la de Enriqueta Benlliure. Había dado con el posible inventor de los anteojos: Giordano da Volterra, que, según algunos, creó unas lentes con unas propiedades diferentes a las demás. También explicó en concreto a Martín todo sobre la tienda que su padre tenía en Nyons, y sobre Bastien, que había sido su ayudante.

La boca de Martín se movió como la de un pez fuera del agua.

—Creía que la señora Benlliure era menos amiga de la pseudohistoria.

—¿Por qué dices eso? —preguntó Ana— ¿Conoces algo sobre Giordano da Volterra?

—Solo una cosa: que nunca existió.

Erika apoyó los brazos entre los asientos de Ana y Martín.

—¿Y tú cómo estás tan seguro de eso?

—Porque ya se ha intentado en otras ocasiones darle nombre al inventor de las gafas. Fue el caso, por ejemplo, de Salvino D´armati, un personaje inventado en el siglo XVII que rellenaba a la perfección los huecos que dejaba la Historia, pero sin ninguna evidencia real de su existencia. Volterra es más de lo mismo, solo que con un toque más misterioso.

—O quizá haya un fondo real —objetó Erika—. Puede que el verdadero inventor fuera una mezcla de los dos, y que los siglos hayan distorsionado su biografía.

—Pero si es probable que ese Volterra nunca haya existido, ¿cómo creer en sus mágicas gafas?

—Volterra es real... —sentenció Ana. Tenía los puños apretados y los nudillos blancos. Después los relajó y su voz se tornó más suave—. Al menos para los que creen en él.

Erika se mostró de acuerdo.

Martín no respondió.

—Y cada día estoy más convencida de que mi padre era uno de los que creía. Sabía exactamente para qué servían. Tal vez no murió a causa de esas lentes, sino que, sospechando que estaba en peligro las buscó porque tenían algo que pensaba que le sería útil... Y aquí empieza la parte donde no me vais a creer. Cuando estuve en Nyons, un hombre me atacó. Me persiguió por todo el casco antiguo, y fue Bastien quien me rescató de sus garras. Del ataque, por suerte, solo han quedado como recuerdo estas heridas en el brazo.

—¿Te disparó? —preguntó asombrada Erika.

—Bastien le arrebató el arma que portaba, y al golpearle con ella miles de pavesas inundaron el cielo. Era como si su piel no fuera humana, sino que estuviera recubierta de hierro. Además, era enorme.

—¿Pudisteis detenerlo? —continuó Erika—.

—No se puede parar a una cosa así. Como mucho esquivarla. Su aspecto... Creo que es fácil definirlo: no tenía. A su alrededor solo había humo.

—¿Humo? —dijeron Erika y Martín en una perfecta sincronía.

—Una sombra. Una niebla oscura. No sé cómo definirlo. Era como un camuflaje que impedía distinguir rasgo alguno. Sé que parece una locura, hasta yo misma dudo de lo vi, pero así ocurrió. Y si ha atacado una vez, tened por seguro que lo hará de nuevo. En Nyons o en cualquier otra parte.

Cruzaron la ciudad de Valencia y hasta llegar a Tarragona ninguno despegó los labios. Tan llenos de miedo estaban. Erika encendió un cigarrillo tras otro y los lanzaba por la ventanilla tras darles unas pocas caladas. Martín siguió conduciendo, pero cambió mucho menos de emisora. Volvió a la música clásica. Después bajó el volumen, y al cabo de una hora la apagó.

—¿Y si hacemos una parada? —murmuró, extrañado de haber sido él quien había roto el silencio.

—¡Sí, por favor! —exclamó Erika—. Y no puedo creer que estés cansado. Por un momento me vas a convencer de que eres humano.

Los dos miraron a Ana para conocer su opinión, pero la encontraron en su asiento hecha un ovillo y con los ojos cerrados. Su respiración era calmada y su rostro sereno. Como si al hablar con ellos se hubiera quitado un tremendo peso de encima.

Comieron cerca de Girona, en un bar de carretera, donde degustaron los platos más abundantes y grasientos que encontraron en el menú como si fueran los más deliciosos manjares. Rodeados de camioneros y turistas, y avivados por su deseo de conocer a otras personas que les hicieran olvidar las lúgubres circunstancias que los rodeaban, hicieron amistad con un grupo de jóvenes franceses, dos chicas y un chico, que volvían a París tras cinco días cociéndose al sol en la playa de Castelldefels. Se saludaron, porque ambos grupos aparcaron a la vez, y sus coches eran exactamente de la misma marca y color: un Peugeot 407 gris acero. Ana ayudó como improvisada traductora y se recomendaron entre ellos sitios y fechas señaladas en las que visitar sus respectivos países. Cuando se despidieron, ella, Erika y Martín se miraron y suspiraron agradecidos. Los malos pensamientos que se habían alojado en sus mentes habían desaparecido, o al menos se habían tomado un descanso. Ya habían realizado más de la mitad del viaje, y en menos de cuatro horas llegarían a Nyons.

—¿Y ese tal Bastien —preguntó Martín, ya de nuevo en la carretera—, sabe que vamos hacía allí?

—No tiene ni la más mínima idea —contestó Ana, divertida.

—Entonces no quiero perderme su cara cuando nos vea...

En ese momento, el móvil de Ana empezó a sonar.

—Mierda, es mi madre —dijo, entregándoselo a Erika—. Contesta tú.

—¿Qué? ¿Estás segura?

—Dile que ahora no puedo hablar. Que... Que me estoy bañando en la piscina del apartamento, y que la llamaré esta noche.

—Va a sospechar...

—Podría contestar yo —dijo Martín con una

resuelta risita.

—Ni se te ocurra —replicó Erika—. Hablaré yo.

Ana dudó unos segundos sobre qué hacer, mientras el móvil seguía sonando. A continuación, resopló y se lo acercó a la oreja.

—¡Hola, mamá! —contestó de la forma más natural que pudo.

Con un gesto, indicó a Martín que elevara el volumen de la música, para que no se escuchara el ruido de los coches que los adelantaban por la autopista. No sin fuertes remordimientos, Ana urdió una mentira tras otra, mientras en el horizonte se distinguía el paisaje montañoso de los Pirineos.

—No, esta noche cenaré con unos amigos de Erika. No me llames allí. Lo haré yo mañana nada más levantarme, ¿vale?

Ana asentía con la cabeza cada frase de su madre hasta que, pasados más de diez minutos de conversación, entraron en un túnel y el tráfico se hizo más denso. La voz de Isabel se tornó lejana por la falta de cobertura, pero sin llegar a perderse del todo. Martín disminuyó la velocidad hasta quedar casi parados. Casi al final del túnel, los resplandores rojos y azules de unas sirenas rebotaban contra el techo, las paredes y el asfalto. Avanzaban despacio, pero tardaron poco en darse cuenta de que el tráfico estaba detenido a causa de un accidente.

—Fbftegdgolbiddsdee... —dijo Isabel.

—No te escucho, mamá —dijo Ana, girando la vista hacia el vehículo siniestrado—. Tengo que... Tengo que colg... —quiso decir a modo de despedida, pero entonces vio algo y el móvil se le cayó al suelo.

Martín y Erika veían lo mismo que ella: un coche *había bien removed from the road* había sido retirado de la vía. Los bomberos recogían las mangueras con las que habían apagado el incendio que se había iniciado en él. El interior estaba carbonizado, y de él todavía salía un intenso humo. El exterior estaba en mejor estado, dentro de los destrozos que había sufrido la carrocería, y todos observaron que se trataba de un Peugeot 407 de color gris.

El corazón de Ana se transformó en una tormenta de latidos desacompasados.

El túnel. La oscuridad. El humo. El fuego.

Todo estaba de nuevo allí.

El Peugeot de Martín cruzó al lado de su gemelo y fue como si todos estuvieran frente a un espejo. Junto a una ambulancia había tres cuerpos cubiertos por mantas. No vieron sus caras, pero reconocieron en esos cadáveres a los tres franceses que habían conocido. Dos chicas y un chico, para más coincidencia, según se adivinaba por el calzado que llevaban, y que era la única parte de sus ropas que estaba a la vista. Una macabra casualidad que no les pareció tal. Aquello había sido cualquier cosa salvo un accidente.

Se alejaron, y al salir del túnel, la luz hizo que la escena que habían presenciado se tornara aún más terrorífica. ¿Ellos se habían salvado de aquel mortal destino solo porque alguien había confundido ese coche con el suyo? ¿En realidad eran sus cuerpos los que tenían que estar calcinados?

—Por favor, dejadme en el próximo pueblo que veamos —suplicó Ana con la sangre aún helada en sus venas—. Haré el resto del camino sola. Vosotros volved a

Alicante.

Erika, tan paralizada como ella, y con las escasas fuerzas que pudo reunir, balbuceó:

—Ni hablar... Yo me quedo contigo.

—Pero... Esos chicos...

—Este coche no parará hasta llegar a Nyons —la interrumpió Martín, decidido—. No te dejaremos.

Y perdidos entre esas sensaciones, llegaron al final de su trayecto cerca del atardecer, cuando la oscuridad empezaba a extenderse por los campos y el sol se ocultaba tras las montañas. Aquello hizo que sus nervios volvieran a florecer y que desearan encontrar a Bastien cuanto antes.

Ana los guió hasta la tienda de su padre, encontrando el lugar tan desierto como la primera vez. Se colocó frente a la puerta sin cerradura, bajo la silueta del ave Fénix, y al sacar de su bolsillo la llave del reloj, Erika y Martín vieron cómo Ana la abría con tan suma facilidad que parecía magia. Fue a cruzar el umbral, pero antes de poner un pie dentro se detuvo.

—¿Qué ocurre? —dijo Erika.

Ana alzó una mano para indicarles que permanecieran en silencio. El sol se había ocultado con rapidez y le era imposible ver el interior de la tienda. Aunque estaba segura de que había escuchado algo. Con la punta de una de sus zapatillas, empujó la puerta y la abrió del todo.

—¿Bastien? —preguntó en voz baja.

Oyó un ruido procedente del mostrador.

Erika y Martín, sin perder de vista a Ana, se

metieron también dentro de la tienda, envueltos por el eco de sus pasos.

—No entréis —les aconsejó Ana—. Quietos.

Pero de pronto resonó una voz.

—¿Quiénes sois?

Los tres se sobresaltaron.

—¡Bastien! —exclamó Ana, esperanzada—. ¡Bastien soy yo!

—¿Venís a por mí, verdad? ¿Después de llevaros a Jean también queréis matar a su ayudante? ¡Pues no me rendiré tan fácilmente!

Una pequeña llama apareció entre Bastien y Ana, junto al ruido de una mecha que se encendía. La luz hizo que Ana viera en la oscuridad los rasgos de Bastien, y cómo este portaba en sus brazos algo parecido a un rifle.

—¡Espera! ¡Soy Ana!

La mecha siguió menguando, a la vez que Bastien hizo una mueca de incredulidad.

—Con que eres Ana, ¿eh? ¿Y quién son esas dos sombras que hay detrás de ti?

—¡Dos amigos que han venido conmigo! ¡Erika y Martín!

Bastien emergió de detrás del mostrador, pero sin dejar de apuntarlos.

—¿Será posible? ¿Eres tú?

—¡Apaga la mecha! —gritó Ana.

—¡Dios mío!

Apunto de consumirse, Bastien arrancó la mecha y la lanzó al suelo, pisoteándola hasta que de ella no salió ni un hilo de humo. Encendió un interruptor, y una única y solitaria bombilla iluminó la tienda. Tanto su figura como las de las otras tres personas que había en el interior quedaron a la vista.

Erika y Martín estaban agachados y con las manos sobre la cabeza, con la intención de esquivar un disparo que iba a llegar de un momento a otro. Ana miró a Bastien como si su amigo hubiera perdido la razón, mientras se preguntaba de dónde había sacado aquel mosquete que portaba como arma y que había estado a punto de provocar una desgracia. La valentía que el ayudante de su padre había demostrado en su lucha contra el hombre de humo se había esfumado, y ahora el temor lo controlaba por completo. Y es que había descubierto tantas cosas desde que se despidieron...

Bastien dejó el mosquete en el suelo y abrazó a Ana.

—Lo siento... Yo... Estaba seguro de que eráis... Lo siento...

También pidió disculpas a Martín y Erika.

—Bienvenidos a Nyons —les dijo, tocándose la punta de su barba.

Y tan accidentado había sido aquel encuentro, y tanta era la tensión que acumulaban, que se echaron a reír llenos de alegría.

Luego Ana les mostró la tienda. Sus amigos quedaron tan asombrados como ella por el mural representado en la pared. Bastien entonces le recordó que todavía no había visto la parte más importante de aquel lugar.

—Prueba tu llave en la pared —la invitó.

¿Había otra cerradura escondida en aquella pintura? Ana observó cada objeto dibujado, buscando algún hueco en el mango de un espejo, en los pliegues de un papiro o entre las grietas de una falsa estatua. Vio una calavera dibujada, y apoyada en ella, un reloj de bolsillo. Tiempo y muerte formando una sola cosa. En el reloj, se veía la ranura que servía para darle cuerda. El sitio perfecto para introducir su llave.

El sonido mecánico que se escuchó detrás de la pared, hizo que un rectángulo se definiera entre las miles de pinceladas de la pintura, creando la forma de una puerta. Ana la empujó, y solo por el crujido que hizo al abrirse, supo que la estancia que había al otro lado era dos o tres veces más grande que la parte de tienda que había visto hasta ahora. Y cuyo interior estaba iluminado por velas.

Ana avanzó unos pasos, pero cuando Erika y Martín quisieron seguirla, Bastien los detuvo.

— Es mejor que ella lo vea a solas.

Larga y oscura como la madriguera de un conejo, Ana distinguió unos pocos muebles: un armario de dos puertas, una estantería de roble, un par de catres y un avejentado escritorio. También había una cocina, y al fondo, en una esquina, detrás de un biombo, un pequeño cuarto de baño. Aquel lugar había sido el refugio de su padre durante los quince años en los que no lo había visto. Donde, tras estar inmerso en investigaciones, viajes, encuentros, peripecias y peligros, regresaba con el objeto deseado, cobrando una buena recompensa por parte de quien lo había contratado. Quizá viviendo un par de meses a lo grande y con algunos lujos, pero con la cabeza ya puesta en la siguiente misión.

Junto al chisporroteo de la cera de las velas al

derramarse, escuchó un murmullo de tuberías y de gente hablando. Se dio cuenta de que, allí dentro, se encontraba cerca de los restaurantes de la rue des Déportés, y que casi podía escuchar a los turistas masticar y beber sus cenas, sin percatarse de que ella estaba al otro lado de la pared. El ambiente no era claustrofóbico, gracias a las pequeñas grietas que se abrían en las paredes y por las que corrían frías ráfagas de aire. Una de ellas movió una montaña de papeles que había colocada sobre el escritorio.

Eran dibujos realizados por su padre. Folios donde había trazado las formas de un retrato. Tomó uno de ellos y vio esbozados en él los rasgos de una niña de unos cuatro años. A su lado había otros, cada uno centrado en una edad diferente. Seis años. Diez años. Doce años. Quince años.

Ana tragó saliva.

Todos los retratos eran de ella.

Imaginó a su padre encorvado sobre aquel escritorio, bajo la luz de las velas, realizando aquellos dibujos, y sintió una fuerte presión en el pecho. Lo que veía, más que una representación de la realidad, eran aproximaciones que su padre había hecho para averiguar el aspecto que tendría su hija a una determinada edad. Ya que no podía verla, al menos la imaginaría. Ana sujetó la última imagen, donde la había dibujado con diecinueve años. Su padre la veía con el pelo más largo y algún kilo de más de los que tenía ahora. Con la frente despejada y el lunar de la ceja derecha a la vista. Sin gafas. Con una mirada ingenua, soñadora, y lo que le pareció más asombroso: con su mochila a cuestas, que siempre había esperado que ella utilizara.

Lágrimas cruzaron la cara de Ana y mojaron los retratos. No podía fallarle a su padre. Su vida y su trabajo tenían que tener un último sentido. Se lo debía.

—Encontraré a tu asesino —le prometió a él y a sí misma—. Porque de lo contrario esta herida dolerá demasiado y nunca dejará de sangrar.

CAPÍTULO 8

Pasaron la noche en la habitación de detrás del mural, durmiendo a pierna suelta, y envueltos por un cansancio tan extremo, que no despertaron hasta bien entrada la mañana. Ana y Erika ocuparon la cama que Jean utilizaba. En la otra, Martín se alzó con el pelo revuelto y un intenso olor a humo todavía pegado al olfato. Por su parte, Bastien, mosquete en mano, había hecho guardia en la entrada de la tienda. Solo cuando el sol entró por la cerradura de la puerta logró descansar. Cuando estuvieron todos en pie, y para elevar sus ánimos, los llevó a desayunar a un lugar donde pudieran disfrutar por unas horas del lado más bello de Nyons.

Se acomodaron bajo una lengua de sombra en la terraza de una cafetería, a resguardo del calor, y acompañados por delicias que degustaron con placer. Ana dio un sorbo a su *café au lait* y sus pupilas percibieron con mayor rapidez los colores que brillaban a su alrededor, y de los que hasta ahora no se había percatado: el azul claro con el que estaban pintadas muchas ventanas, el verde intenso de los árboles que vestían las laderas de las montañas, el crema acogedor de las fachadas o los infinitos tonos de marrón, gris y negro de las decenas de gatos callejeros que cruzaban por su lado o dormitaban bajo los alféizares.

Erika dio un mordisco a su tostada y le pareció que el aceite con el que estaba cubierta era el mejor que había probado en su vida. Martín, con unas gafas de sol puestas, miraba el *croissant* que le habían servido y permanecía callado, dentro de uno de sus habituales intervalos de silencio. Bastien terminó un zumo de naranja y un tartine, y llamó al camarero para que le trajera otro.

—D´*acord* —respondió este a Bastien, a la vez que alargó una mano y retiró el café de Ana. Al tomarlo, la taza se tambaleó entre sus dedos y estuvo a punto de caer al suelo—. ¡Ups!

Luego recogió los demás platos, excepto el cruasán todavía íntegro de Martín, y se lo llevó todo en un equilibrio tan precario, que hizo que el dueño de la cafetería se acercara a él y le gritara que tuviera más cuidado.

—Bueno —dijo Bastien, llevándose una mano a los bolsillos de su chaleco—, creo que es el momento de que nos pongamos al día

Sacó su teléfono móvil y un cuaderno y los colocó sobre la mesa. Ana advirtió su cara de preocupación, como si durante el tiempo en que no lo había visto, una potente turbación lo hubiera golpeado, y que ahora se disponía a compartir con ellos.

—Ana, tu padre no ha sido la única persona

relacionada con el mundo de las antigüedades que ha muerto en los últimos meses.

Bastien encendió su teléfono y les mostró una serie de noticias que había recopilado en las largas e insomnes noches que habían sucedido a la muerte de Jean.

—Son sucesos ocurridos en distintos países y momentos. Tan dispares unos de otros, que leídos por separado carecen de importancia, pero que colocados unos detrás del otro. —Amplió una de las noticias, escrita en francés—. Hace tres meses, en París, el propietario de una tienda de cuadros fue encontrado muerto dentro de su establecimiento. Causa oficial de la muerte: un paro cardíaco. Alguien entró con intención de robarle, y el corazón del hombre, atravesado por el miedo, no pudo soportarlo. Lo más extraño es que en el párrafo siguiente se dice que el ladrón no se llevó nada del establecimiento, y que lo más probable es que huyera al ver desmayarse al dueño. Quince días antes, en Avignon, ocurrió lo mismo. Otro anticuario. Otro paro cardíaco. Otro intento de robo. ¿No os parece extraño?

—Pero mi padre no murió de un ataque al corazón —aclaró Ana—. Sus heridas eran... mucho más terrible terribles. Hechas por ese raro estilete que llevaba el gigante.

—Por eso busqué otros casos. Y no solo en Francia.

Apareció otra noticia en su móvil. El suceso, esta vez, había ocurrido en Alemania.

—El cuerpo de un hombre fue encontrado flotando en las aguas del lago Feuersee, en Stuttgart, cerca de la orilla que bordea a la Iglesia de San Juan. Tenía una única herida a la altura del estómago. No hubo testigos de su muerte ni tampoco sospechosos. Solo al final del artículo se menciona el trabajo del hombre. Ya podéis adivinar cuál es.

Aquel dato hizo que Ana, Erika y Martín prestaran más atención a la historia.

—En Alemania encontré otros tres casos similares; aunque me ha sido imposible confirmarlos. Todos han sucedido en pueblos o ciudades pequeñas, y su repercusión no ha pasado de un par de líneas en sus respectivos periódicos locales. Pero hay algo diferente en estos supuestos: han sido mucho más violentos. Como si las primeras muertes hubieran alertado a los demás, y no hubiera tan sencillo eliminarlos. Estoy seguro de que Jean descubrió también esta amenaza y buscó protegerse de ella. Es posible incluso que todos fueran dueños de Casas tan importantes como la Faure.

—¿No os conocéis los que dirigís estas «Casas»? —preguntó interesada Erika.

—A algunos sí. Intercambiamos información y nos avisamos de negocios interesantes, pero la competencia es feroz, y los siglos transcurridos desde que se fundó la primera Casa hacen que sea imposible saber cuántas hay exactamente. Solo he podido verificar las muertes sucedidas en Francia, y no hay lugar a dudas: uno de los fallecidos era dueño de la Casa Bonnet, en Avignon, y el otro de la Casa Voralberg, en Valadilène.

Bastien le dio el móvil a Ana para que revisara el resto de noticias que había recopilado. Casos de extrañas muertes en Suiza, Austria y hasta en Finlandia, pero que no había podido dar por buenos al no poder traducir con fidelidad los relatos.

—Si mi hipótesis se acerca a la realidad, queda claro que alguien intenta hacerse con el control de las Casas y de las piezas más preciadas que guardan en su interior.

El camarero llegó con un nuevo tartine y otra copa de zumo para Bastien. Se los entregó, pero al hacerlo tropezó con una de las patas de la mesa, y la mitad del zumo se derramó sobre el chaleco y el cuaderno que Bastien había traído.

El responsable de la cafetería, que vigilaba sus movimientos, soltó un alarido y corrió hacia él.

—¡Pero qué has hecho! —exclamó con irritación.

El camarero intentó limpiar a Bastien con la tela de su delantal, junto a una catarata de disculpas.

—¡Lo siento! ¡Solo llevo unos días en este trabajo! —entendió Ana de sus palabras en francés. Se trataba de un chico joven, cuya única característica destacable era que tenía el pelo totalmente blanco, sin poder saberse si lo tenía teñido o era su color natural—. ¡Le traeré otro zumo! Oh, Dios mío, me persigue la mala suerte...

—No es necesario —contestó Bastien, secando con una servilleta el cuaderno—. Con que nos traiga la cuenta será suficiente.

El dueño tomó de una oreja al camarero y se lo llevó mientras les decía que no se preocuparan porque invitaba la casa.

Bastien aceptó las disculpas, regruñendo por haberse manchado uno de sus chalecos favoritos, pero tras engullir en dos bocados su tartine, olvidó por completo la incompetencia del camarero.

—Mejor demos una vuelta por el pueblo —dijo—. Allí os enseñaré el resto de cosas que he descubierto.

Caminaron por Nyons a paso lento, sin más destino que el que sus pies desearan llevar. Esquivaban turistas que acribillaban cada calle con sus cámaras de fotos, a la vez que Ana no podía apartar la mirada del cuaderno que portaba Bastien.

—Era de Jean —le dijo este, adivinando sus pensamientos—. ¿Quieres verlo?

Le extendió el cuaderno. Tenía las tapas negras y era tan pequeño que cabía en cualquier bolsillo. Lo abrió y le pareció un libro de bocetos. Pero al ojearlo con más detenimiento, Ana tuvo que corregir su opinión.

—Es un diario... —dijo con asombro.

No había ni una sola palabra escrita en esas hojas. Todas estaban llenas de dibujos, superpuestos unos encima de otros, y que ocupaban cada centímetro cuadrado del papel. Entre ellos había objetos que su padre había encontrado a lo largo de los años, un inventario que compilaba toda una vida de trabajo. Al revisar los folios correspondientes a los últimos meses, podía verse cómo su padre había abandonado cualquier otro encargo para volcarse por completo en esos anteojos que le costaron la vida. Allí había decenas de variantes del dibujo que ella había utilizado para encontrar pistas sobre el objeto, con unas formas que cambiaban según los datos que iba descubriendo, pero todos con un denominador común.

—Volterra... —dijo Ana, observando cómo cada

dibujo estaba rematado por una V, inicial del apellido de aquel inventor desconocido.

Bastien no daba crédito a lo que escuchaba.

—¿Conoces a... —y bajó la voz hasta convertirla un susurro casi inaudible— Giordano da Volterra?

—No eres el único que ha investigado, ¿sabes? —respondió Ana—. ¿Por qué no me contaste nada sobre él cuando nos vimos la primera vez?

—Lo supe más tarde cuando, revisando la tienda, encontré el cuaderno. En él está todo lo que Jean descubrió sobre los anteojos. Y queda claro que su investigación estaba muy avanzada. Mira.

Pasó varias páginas hasta llegar a un dibujo que representaba un mapa de Europa. Había varias líneas trazadas sobre su superficie y lo recorrían de lado a lado, aunque el punto de partida de cada una de ellas era siempre el mismo: Italia.

—Aquí están todos los posibles caminos que, según Jean, siguieron los anteojos de Volterra a lo largo de la historia; si bien no estaba seguro del trayecto correcto. Hay líneas que acaban en Inglaterra, en Alemania, en Rusia. Pero ninguna señala un lugar concreto. Y las páginas siguientes están repletas de unos dibujos que no he logrado entender.

Se trataba de varias hojas donde unas líneas en zigzag se repetían una y otra vez; y junto a ellas había el esbozo de lo que parecía ser una iglesia.

Solo el último dibujo del diario había sido realizado prestando más atención a los detalles. Y solo una cosa lo diferenciaba de los otros: dentro de las líneas que bailaban de un lado a otro, se veían las formas de un hombre. Uno grande y de aspecto amenazante. Por un instante, a Ana le pareció ver en esa imagen al hombre de humo, pero los ojos del ser estaban aquí vendados, como si no pudiera ver. O necesitara la ayuda de algo para ver...

Quitándose las gafas de sol, Martín entró en la conversación, porque mientras Ana y Bastien hablaban no había dejado de examinar los dibujos:

—Eso son ríos. ¿No los veis? En los primeros no se distingue del todo, pero en los siguientes está claro: son edificios o monumentos al lado de un río. Y la última imagen es la de un hombre hundido en sus aguas.

—Es posible... —dijo Ana, analizando los trazos del hombre con los ojos vendados—. Muy posible...

Bastien se rascó la cabeza.

—Cómo no he caído antes.

Erika miró a Martín y después se cruzó de brazos, como diciendo, «Vamos, ese descubrimiento no es para tanto».

Pero lo cierto es que ante ellos tenían la primera pista que les indicaba dónde se encontraban los anteojos de Volterra.

Tras una hora de paseo, los cuatro se encontraron de nuevo en los alrededores de la tienda de antigüedades. Ana veía cómo a menos de cien metros se atisbaba el puente bajo cuya estructura encontraron el cuerpo de su padre. En su primera visita solo había podido verlo de refilón, pero tenerlo ahora tan cerca hacía que tuviera tantas ganas ir en su dirección como de salir corriendo en la contraria.

—Creo que Ana ya conoce tan bien Nyons como su Alicante natal —dijo Bastien a Erika y Martín—, pero vosotros todavía no habéis visto algunos de sus mejores rincones: la torre Radonne o la rue des Grands Forts. Por tener, Nyons tiene hasta parque acuático. ¿Queréis verlo?

Los amigos de Ana asintieron, comprendiendo lo que Bastien quería decirles, y con la promesa de verse más tarde para cenar, se alejaron dejando a Ana el camino libre para ir hasta el puente.

Construido a partir de las formas básicas y sin ornamentos del estilo románico, el puente aguantaba con paciencia el paso de los turistas por su espalda de piedra, anclada en las aguas del río Eygues. Los pretiles estaban erosionados por el roce de miles de manos. Plantas salían de cada hueco abierto en las rocas y pájaros volaban bajo su arco como hilos atravesando el ojo de una aguja. Indecisa, Ana lo recorrió de un extremo a otro varias veces, hasta que lo rodeó y bajó hasta la orilla.

El sol brillaba con tanta fuerza que hacía brillar los pequeños guijarros que formaban una estrecha playa en ese lado del río. El caudal era escaso y corría con lentitud, pero eso no evitaba que algunas personas pasearan por sus alrededores o se sentaran a la sombra de algunos de los árboles que punteaban su trazado. Cerca de la base del puente, Ana encontró el punto exacto donde mataron a Jean. Aunque el lugar había sido limpiado por las autoridades, se dio cuenta de que el color de las piedras era allí distinto. Del blanco cegador había pasado a un rosa pálido, último rastro de la sangre que allí se había derramado.

Caminó y no le importó hundirse en el agua hasta

que la corriente le llegó por encima de los tobillos. Pensó en su padre escondido en aquel lugar tras convencerse de que había esquivado a su perseguidor, y cómo de pronto fue atravesado por un puñal, movido por un hombre que era solo humo. Se agachó para tocar aquellas piedras empapadas con el alma de Jean-Jacques Faure, cuando sus gafas, que siempre llevaba sobre el pelo, cayeron en las aceitunadas aguas del río y las perdió de vista. Aquella imagen hizo que le viniera otra a la mente.

—Quizá fue así como desaparecieron... —dijo, intentando comprender lo que su padre quería indicar con los dibujos—. Los lentes cayeron a un río. Y ese río pasaba por una ciudad.

Recordó los bocetos y vislumbró sus posibles correspondencias con lugares reales. En ellos había visto las formas de una iglesia, que podía ser Notre Dame, y pensó en el Sena. También en el Támesis a su paso por Londres. El Rin por Colonia. Y en el Tajo cruzando Toledo. Jean había analizado cada opción, desechándola después, hasta quedar solo con la imagen del gigante con los ojos vendados y hundido. ¿Qué ciudad representaba? El descomunal tamaño del ser y su piel similar a la roca o al barro tenían que significar algo.

Ana dio con la solución al enigma justo cuando una voz a su espalda la sobresaltó.

—No te muevas —escuchó—. No te gires. No hables.

Acuclillada en la orilla, y sin entender lo que ocurría, Ana no pudo hacer otra que obedecer, aunque quedó extrañada por la manera en que aquella persona le había hablado. Poseía un marcado acento alemán, y la manera casi cómica en que deformaba las palabras no le restó ni un ápice de gravedad a lo que dijo.

—Tienes que... escucharme. Solo lo diré una vez... Tienes... Debes... Debes darme una cosa. Algo que necesito... Tú sabes lo que es...

Sopló una pequeña brisa, y entre aquellas palabras, Ana oyó el ruido de un papel movido por el viento.

—El cuade... El cuaderno... de dibujos...

A pesar de desobedecer lo que le habían ordenado, pero sin atreverse a girarse, Ana le preguntó:

—¿Estás leyendo lo que me dices?

—Esta noche —continuó el hombre, moviendo el papel—. Está noche alguien como... como yo... irá a la tienda de tu padre y tú le entregarás el cuaderno...

Ana ya no tuvo ninguna duda: quien le hablaba era solo un mensajero. Una marioneta guiada por otra persona.

—¿Entiendes español? —le interpeló Ana—. ¿Quién te ha dicho que leas ese papel?

El hombre no respondió.

—En caso de que no lo entregues, tus amigos... Bastien... Erika... Martín... sufrirán las consecuencias... Las mismas que sufrió tu... padre...

Gotas de sudor caían por la frente de Ana, el sol cayendo sobre ella, y los pies dentro del agua, con el río como único testigo de lo que estaba ocurriendo.

—Ahora contarás hasta cien... —terminó de leer el hombre—. No me sigas... Esta noche te veré, pero tendré la forma de otra persona... Hasta entonces... Adiós.

La despedida es lo único que el hombre dijo forma clara. Después se alejó, y Ana tuvo la sensación de que se preguntaba si lo había hecho bien. Si había interpretado de forma correcta su papel.

Ana empezó a contar hasta cien, pero no llegó ni a diez cuando se giró para ver quién le había hablado. El turista —no podía definirse de otra forma— iba calzado con chanclas y calcetines y caminaba con dificultad por las piedras de la orilla. Echó un par vistazos al papel que portaba y junto a una sonrisa lo tiró al suelo. Después se metió la mano en el pantalón corto y sacó de allí un billete de cien euros. Se quedó mirándolo durante varios segundos, encandilado. No podía creer que en solo cinco minutos hubiera ganado ese dinero. Sonrió de nuevo, y Ana comprendió que aquel turista no tenía ni idea de lo que había dicho.

Su rostro enrojecido por el sol y el vino francés se mostraba satisfecho, convencido de que lo que le había leído a Ana era una declaración de amor escrita por algún un tímido amante, y no un chantaje aderezado con una amenaza de muerte para sus amigos. El turista se guardó el billete, cuando desde la parte superior del puente un grupo de personas lo llamaron y mediante señas le preguntaron qué demonios hacía allí abajo, y por qué se había separado de ellos. El turista los calmó con un gesto de su mano, pensando que ninguno de sus compañeros de viaje se creería lo que les iba a contar.

Ana, olvidando sus gafas hundidas en el río, se levantó y llamó a Erika.

—Dime —contestó ella.

—Salid ahora mismo de donde estéis —dijo, intentando que su voz sonase calmada; pero le fue imposible—. Tengo que contaros algo, pero tiene que ser en persona. Nos vemos dentro de media hora en la tienda de mi padre. Por favor, mientras vais hacia allí no habléis con nadie. Y si se os acerca alguien, salid corriendo. Sobre todo si es un turista.

—¿Cómo dices? ¿Un turista?

Ana colgó. Era imposible explicar lo que le había ocurrido sin parecer idiota o paranoica. Solo pensaba en quién aparecería esa noche para reclamar el cuaderno. Otra marioneta, eso estaba claro. Pero ¿quién movía los hilos? Lo único que dedujo fue que se trataba de alguien muy distinto al hombre de humo. Su estilo parecía demasiado sofisticado para resolver los asuntos a golpe de estilete. Se trataba de un adversario que desconocía.

Sentado con la cabeza apoyada en una de las paredes de la tienda, Martín cerró los ojos y bostezó, aburrido.

—Ana, te ha mentido —murmuró—. Quien sea que te ha hablado, ha jugado contigo. Quizá solo quería comprobar hasta qué punto eras manipulable.

Ella le lanzó una rápida mirada de enojo. Le irritaba cómo había cambiado su comportamiento. Al reencontrarse aquella mañana, lo notó preocupado. Él le preguntó si estaba bien, y se aseguró de que aquel singular turista no le había hecho ningún daño. Pero según pasaron las horas se tornó más arisco, y ahora le hablaba de forma antipática sin ningún motivo aparente. Cuando se ponía de ese modo, pensaba Ana, perdía todo su atractivo, y le daba la razón a Erika en que no había forma de pillarle la vuelta a aquel chico.

—Yo sí creo que es verdad —dijo Bastien, que con

su barba y el mosquete en la mano, parecía un antiguo soldado venido de Flandes. En el bolsillo del pantalón, además, llevaba el estilete que le había arrebatado al hombre de humo, el cual solo pensaba utilizar como último recurso: aquel objeto le daba verdadero temor. Hinchó su pecho y se dio dos sonoras palmadas en el bolsillo de su chaleco—. No permitiré que nadie ponga sus manos sobre este cuaderno.

—Tranquilo, Bastien —dijo Ana—. Primero tenemos que ver quién aparece. Luego decidiremos cómo actuar.

El cuello de Bastien se tensó.

—¿No pensarás en darle el diario?

—No si puedo evitarlo.

Grillos cantaban cerca de la puerta de la tienda. La habían dejado entreabierta con la intención de detectar cualquier movimiento fuera, pero desde la puesta de sol solo habían pasado un par de personas, que ni siquiera se dieron de que allí había un establecimiento. Ana también estuvo a punto de darse por vencida y lanzar un bostezo, cuando una persona hizo su aparición. Todos se pusieron alerta, Martín se levantó de un salto del suelo. Bastien apretó con fuerza el mosquete. La escasa iluminación de la tienda hacía que solo vieran una sombra que se aproximaba. El invitado balbuceó algo en francés, como si se estuviera dando ánimos. La bombilla lo iluminó un poco más, y todos vieron que en su mano llevaba un papel.

—*Buenás nogchés, damás y caballegós* —leyó a modo de saludo, pero de una forma tan vacilante y nerviosa como si alguien estuviera apuntándole con un arma—.

Disculpén la *tardagsá...*

El papel le indicaba hasta los gestos que debía hacer. Obedeciendo las indicaciones, la persona dio un paso al frente y quedó a la vista de todos.

El color de su pelo, de un blanco cegador, hizo que lo reconocieran de inmediato: era el camarero que les había servido el desayuno aquella mañana. El mismo que había derramado el vaso de zumo sobre el chaleco de Bastien. Él, en cambio, no reconoció a sus comensales. Temblaba de pies a cabeza, y parecía que los cien euros de recompensa que le había dado quien lo había enviado hasta allí no habían sido suficientes para convencerlo.

Ana lo miró con suma atención.

—He *sidó enviagdó* —continuó tras aclararse la garganta— *pagá recogggér* una *cosá* en *nombré* de un *amigó...*

—¿Quién es ese amigo? —preguntó Bastien.

Al verlo armado con el mosquete, el camarero estuvo a punto de desmayarse.

—Por *favóg, demenló* y yo no *sufrigué* ningún *dañó* —leyó con voz trémula—... y *ustedés tampocó.*

A continuación estiró la palma de su mano y permaneció en esa posición.

Quedaron todos en silencio, sin saber qué hacer. Aquella estrategia, quien fuera que la había ideado, era perfecta. Utilizar a otras personas para dar órdenes y ejecutar acciones. Miles de rostros que servían como camuflaje del verdadero responsable.

Ana alzó la ceja en la que tenía su lunar, y tras un minuto en que ninguno de ellos se movió, una idea cruzó su cabeza.

—Dame el cuaderno —le dijo a Bastien—.

Las cejas del ayudante de su padre también se alzaron hasta casi salirse de su frente.

—¿Cómo dices?

—Dámelo.

Martín y Erika miraron a Ana con igual desconcierto.

A regañadientes, Bastien se lo entregó. Ana caminó hacia el camarero, que seguía con el brazo estirado y tiritaba.

Había algo en él que hizo que Ana deseara verlo más de cerca. Al haberse deshecho de las gafas en el río, su vista ahora era mucho peor, pero la borrosa silueta que tenía delante le resultó familiar. Con cuidado le tendió el cuaderno. El camarero lo tomó, pero su mano parecía estar hecha de mantequilla, y las páginas amenazaron con caer al suelo. Ana y él se agacharon para evitarlo, y fue entonces cuando reconoció a quien tenía delante. Lo había visto solo unos días antes. En Alicante. En la universidad. En la facultad de Derecho. Era el alumno que la llamó por su nombre y le ayudó a recoger los auriculares y las gafas del suelo. El que pensaba que era un estudiante de Erasmus. Solo que entonces tenía el pelo negro.

Sin perder un instante, Ana se hizo a un lado, y con voz decidida dijo en dirección a sus espaldas:

—Bastien, dispárale.

Pasmado por el comportamiento de Ana, Bastien tardó varios segundos en comprender sus intenciones.

—Enciende la mecha —dijo, sin apartar los ojos del camarero—, apunta y dispara sobre él.

Los ojos del camarero se abrieron llenos de terror. Con el cuaderno en la mano, empezó a farfullar frases en su idioma: «¿Qué haces», «Soy inocente», «No he hecho nada», «Me han obligado», «Yo solo soy un camarero».

El silencio de Ana hacía que sus lamentos sonaran más penosos, a la vez que forzaba a Bastien a actuar. Este, pensando que lo único que Ana quería era asustarlo y sonsacarle alguna información, encendió con una cerilla la mecha. Le apuntó, pero con el cañón desviado hacia un lado.

La tez del camarero era cada vez más similar al color de su pelo. Miró a Ana de manera suplicante, pero ella ni se inmutó.

La mecha seguía consumiéndose.

—¡Habla, muchacho! —le aconsejó Bastien.

El camarero dudó, pero no dijo nada, y en su lugar pegó el cuaderno a su pecho.

Ese era el gesto que Ana esperaba.

En menos de un segundo, el rostro del joven pasó del temor más absoluto a la cólera más desatada. Sus labios se contrajeron llenos de ira. Su pelo color de nieve se erizó como el de un animal. Con una rapidez prodigiosa, descargó una patada a Ana, tirándola al suelo, y salió corriendo por la puerta.

Bastien, comprendiendo al fin todo, fue detrás de él con el mosquete. Atravesó el pasaje que servía de resguardo a la tienda y vio su sombra perderse a lo lejos. Estaba a punto de escapar. Nervioso, se arrodilló, apuntó, pero cuando la mecha llegó hasta la pólvora, esta no propulsó el proyectil, sino que hizo reventar el arma en mil pedazos en las manos de Bastien. Este rodó por el suelo llevándose las manos a los ojos, y al comprobar que la detonación no lo había dejado ciego, corrió hacia la tienda.

—¡Ha escapado! —dijo, limpiándose las manchas de pólvora de la cara—. Lo siento.

Erika y Martín levantaron a Ana del suelo.

—No os preocupéis —dijo ella, calmada.

—Pero ahora él tiene el diario —objetó Erika—. Sabrá dónde se encuentran los anteojos.

—Sí —respondió Ana—, pero primero tendrá que descifrar los dibujos... Cosa que yo ya he hecho.

—¿Sabes lo que significa el gigante bajo las aguas? —preguntó Martín.

—Es el símbolo de toda una ciudad. Cruzada por un río, tal y como indica el cuaderno. Pero no se trata tan solo de un gigante. Es un ser mitológico. Uno creado a partir de arcilla o barro. Un gólem.

—Entonces el invento de Giordano da Volterra se encuentra en... —murmuró con asombro Erika.

Ana asintió.

—En Praga.

CAPÍTULO 9

Aunque Ana era una experta en soñar con los ojos abiertos, nada pudo igualar las sensaciones que la invadieron cuando el avión en el que viajaba aterrizó en su destino.

Salieron de Nyons a primera hora del día siguiente en el coche de Bastien, y tras dos horas de carretera, llegaron al aeropuerto de Lyon, donde embarcaron en el primer vuelo directo hacia Praga. El trayecto fue accidentado, con fuertes turbulencias que revolvieron su estómago, llegando a Praga con un cielo tan nublado, que descargó una tromba de agua nada más poner el pie en ella.

Ana sintió cada gota que mojó su pelo como una bendición. Ni el tráfico de la autopista que daba entrada a la ciudad, ni los miles de turistas que la abarrotaban, ensuciaron su primera visión de las calles de Praga. Si Nyons guardaba pequeños misterios en sus arcadas y callejones, en Praga cada edificio y hasta cada piedra tenían su propia historia. Era la ciudad del gólem, criatura creada por el Rabbi Judah Loew para proteger a los judíos de los ataques antisemitas en el siglo XVI, pero que en el pensamiento de Ana tomaba la forma del monstruo que había matado a su padre y a otros anticuarios, y sintió un escalofrío al pensar que podría aparecer allí.

Los cuatro caminaron bajo la lluvia con Bastien al frente, que los guió hasta un lugar que les serviría de refugio, o al menos eso esperaba.

En la calle Nerudova, Bastien le explicó a Ana que Jean y él habían viajado varias veces a Praga en busca de objetos que les habían encargado.

—Hicimos buenos negocios aquí —dijo Bastien, recordándose junto a Jean-Jacques Faure por aquella misma vía empinada—. Pero las cosas han cambiado mucho desde entonces.

De origen medieval y antiguo Camino Real, la historia de la calle Nerudova se había difuminado poco a poco a causa de las decenas de hoteles, restaurantes y tiendas que habían proliferado desde la última vez que Bastien la visitó.

—Si mantener la vista alerta en nuestro trabajo es algo recomendable, en Praga se convierte en imprescindible. Aquí es difícil distinguir lo que una cosa parece y lo que realmente es. Olvidad las tiendas de suvenires y mirad las fachadas. Los dibujos que adornan sus puertas. ¿Os recuerdan a algo?

Ana alzó la mirada y se sintió como si estuviera de nuevo frente a la tienda de su padre. Tallados en piedra y pintados con vivos colores, sobre las entradas de algunos establecimientos había dibujos que representaban el oficio de quienes tiempo atrás vivieron allí. El que más interés despertaba era el que lucía en la llamada «Casa de los Tres Violines», donde esos instrumentos se entrecruzaban de forma elegante bajo un fondo estrellado. También estaba la casa de la «La Medusa», de «La Copa Dorada», de «Los Dos Soles», de «La Llave», de «El León».

—Son iguales al ave Fénix de la Casa Faure...

—Exacto —dijo Bastien—. Nadie sabe quién fundó la primera Casa, pero muchos piensan que fue en esta ciudad, y que más tarde los comerciantes la copiaron y quisieron que sus negocios también tuvieran un símbolo que los representara. En este barrio se encuentra el lugar que buscamos: la Casa Smetana; pero no logro dar con ella... ¡Maldita sea! Ni siquiera recuerdo qué dibujo había sobre la puerta.

Avanzaron hasta el extremo de la calle, que desembocaba cerca del camino que llevaba al Castillo de Praga. Al no encontrarla, tuvieron que retroceder. Bastien meneaba la cabeza a un lado y a otro, disgustado por su olvido.

Caminaron varias veces arriba y abajo, hasta que Martín, que murmuraba el nombre de las esculturas que coronaban cada tienda y hotel por el que pasaban, dijo:

—Ahí la imagen de un cisne... Más allá la de una estrella... Aquí la de un puente...

—¿Cómo dices? —se sobresaltó Bastien—. ¿Un puente?

Era la tercera vez que pasaban por delante de aquel local, pero hasta ese momento no se habían dado cuenta de que sobre el dintel de la puerta, y bajo una gruesa capa de suciedad, grietas y descuido, había el dibujo de un puente. Bastien les dijo que ese era el símbolo que buscaba. Aunque el estado de la Casa Smetana era muy distinto al que él había visto en el pasado: el establecimiento parecía abandonado y la entrada se encontraba sellada por dos gruesos portones. Bastien tiró de ellos, y para su sorpresa comprobó que no estaban cerrados con llave, y que podía pasarse al interior.

—¿Hola? —preguntó a la oscuridad—. ¿Hay alguien?

Frente a ellos se abría un pequeño pasillo, que tenían que recorrer para llegar hasta la tienda.

Avanzaron por él con gran precaución, porque no sabían qué iban a encontrar al otro lado, pero quedaron extrañados al oír una música detrás una gruesa puerta de madera, por cuya parte baja se filtraba algo de luz.

Al abrirla, la música se expandió en todas direcciones: violines, tambores y flautas resonaban en una refinada melodía, que acompañaba los movimientos de un hombre. Ataviado con una pajarita y unas gafas que apenas eran unos alambres retorcidos, el anticuario bailaba tomando de la cintura a un viejo maniquí de formas femeninas, con el que se movía describiendo círculos al compás de la música. Los cuatro miraron atónitos aquella danza durante un par de largos minutos, en los que el hombre, con los ojos cerrados, no se percató de su presencia. Al acabar la pieza, Bastien empezó a aplaudir, divertido, despertando al hombre de su ensoñación.

—Tienes la tienda hecha un desastre, Cenek —le dijo Bastien en una mezcla de español y checo—, pero veo que el ritmo no lo has perdido.

El hombre no se alarmó al verlos, ni se avergonzó por haber sido descubierto. Dejó el maniquí a un lado con la misma delicadeza que si se tratara de una mujer real, y observó a Bastien con la expresión de alguien que se ha esforzado durante mucho tiempo por esquivar los problemas, pero con la íntima certeza de que al final lo acabarían alcanzando.

—Cuando supe que Jean-Jacques Faure había muerto no me alegré... Sin embargo, sentí un gran alivio al saber que no volvería a meterme en uno de sus líos. — Cenek se quitó las gafas y las limpió con una gamuza de color verde de forma tan brusca que las acabó doblando más de lo que ya estaban—. En lo que no caí fue en que su aprendiz seguiría con su trabajo; y que además vendría con compañía.

Bastien quiso responderle, pero Cenek se colocó frente a él.

—*Do prdele!*, *kurva!* —gritó, y luego siguió en español—. ¡Estafador! ¡Canalla! ¡Busca líos! ¿Tienes la poca vergüenza de venir aquí después de lo que me hicisteis?

Bastien le colocó con delicadeza una mano en el hombro.

—¿Todavía estás enfadado por eso? Vamos, si fue solo una lámpara...

Cenek apartó la mano de Bastien con un golpe.

—¡Esa lámpara valía tanto como para tomarme unas largas y merecidas vacaciones!

— Y el idilio con aquella española que te presentamos sirvió para que mejoraras tu español. ¿Eso no cuenta?

Cenek miró a Ana.

—Y encima has traído a la hija de Faure. ¡Pero si es una cría!

—¿Qué tiene usted en contra de mi padre? —preguntó Ana, ofendida por el tono del anticuario.

—Tu padre tenía mucha verborrea, pero poca palabra. —Se ajustó la pajarita—. Me prometió la mitad de lo que él se llevaría por la venta de una antigüedad que habíamos encontrado juntos, y tras la cual llevábamos mucho tiempo: una lámpara de araña fabricada en cristal de Bohemia. Con un diseño único. Pero cuando fui a la cita con el acaudalado comprador, descubrí que Jean y su ayudante ya se habían largado a España con ella, sin volver a saber nada más de ellos. Y ahora su hija, Bastien y otros dos amiguitos viajan hasta a Praga para buscar... ¿qué?

Los grises e indignados ojos de Ana se clavaron en Cenek, y por un momento al anticuario le pareció que Jean-Jacques Faure lo observaba tras esas pupilas desde lo más profundo del mundo de los muertos.

—Hemos venido en busca de un objeto —le dijo—. Uno con el que encontraremos al asesino de mi padre.

Cenek ni siquiera pestañeó.

—Niña, estás perdiendo el tiempo. Por muy dolorosa que haya sido la pérdida de tu padre, Jean habría tenido el mismo final antes o después. Asesinado o por otra causa. Porque todas sus acciones iban encaminadas hacia ese destino. Además, por lo que he investigado, parece que no ha sido el único especialista en antigüedades que ha muerto últimamente, ¿verdad?

Alguien desea destruir todas las Casas... Y la verdad es que, por más que lo pienso, no veo qué tiene de malo que eso ocurra.

Ana no comprendía la postura del anticuario. De todos los que había conocido era el más joven, no sobrepasaba los cuarenta y cinco años, pero hablaba como si estuviera cansado de su trabajo y el futuro careciera de importancia, viviendo en una especie de tranquila desesperación, en la que no temía convertirse en el siguiente cadáver.

—¿Sabéis por qué bailaba cuando habéis entrado? —dijo, recorriéndolos con una mirada tan serena que ponía los pelos de punta—. Lo hacía porque estoy convencido de que el final está cerca. Pronto todos vamos a desaparecer. Y yo me comporto como en los tiempos de la peste, donde la gente, sabiendo que iba a morir, daba rienda suelta a sus instintos más bajos y bailaba sin cesar, agradecida de que el mundo terminase.

Se fijó entonces en Erika. No sabía nada de ella salvo que era amiga de Ana, pero le pareció la chica más hermosa que había visto en mucho tiempo.

—La Casa Faure... La Casa Smetana... —dijo, acercándose a ella—. Todas están podridas por dentro, y no son más que sombras de lo que fueron en sus inicios. Cuando yo empecé, esto ya era un negocio en peligro de extinción. Y ahora alguien, en lugar de dejar que las tiendas languidezcan y mueran poco a poco, ha decidido adelantar su inevitable final.

Tomó de un brazo a Erika, y antes de que ella pudiera reaccionar, la atrajo hacia él y empezó a bailar un vals en el que la única música que se escuchaba estaba en su cabeza.

—Buscáis las gafas de Giordano da Volterra, ¿verdad? —dijo con la mirada puesta en Erika, pero dirigiéndose a todos—. Ese inventor tan peculiar ha aparecido justo para la fiesta final.

—¿Quién te ha hablado sobre él? —preguntó Ana entre giro y giro.

Su amiga Erika estaba tan absorta que se dejaba llevar por el anticuario.

—Alguien que quiere lo mismo que vosotros —contestó Cenek—. Pero desconozco su aspecto. No fue él quien entró en la tienda, sino un vagabundo que habló en su nombre. Quería que le dijera todo lo que sabía sobre esos anteojos.

Cenek dio unos últimos pasos rápidos con Erika en sus brazos, y luego se separó de ella, besando una de sus manos. Erika quedó demasiado mareada como para responderle algo.

—¿Qué le contaste sobre Volterra? —le preguntó Ana, sabiendo que el chico del pelo blanco había llegado a la misma conclusión respecto al dibujo de su padre, y se les había adelantado.

La resignación de la que hacía gala Cenek se acentuó.

—No le conté nada, porque fui el primer sorprendido al saber que uno de los inventos de Volterra estaba en Praga. Después de veinte años regentando esta tienda, malgastando mi vida en busca de objetos a los que solo unos pocos les encuentran valor, descubrir que uno de los más valiosos estaba delante de mis narices, en mi propia ciudad, es como para volarse la tapa de los sesos, ¿verdad? —Sonrió estoicamente—. Pero no importa. Cuanta más gente desee esos estúpidos anteojos, antes acabará todo.

El anticuario decidió que si Ana quería encaminarse hacia el mismo y trágico destino que Jean-Jacques Faure, no tenía ningún derecho a impedírselo.

—El vagabundo también me dijo que más gente vendría aquí preguntando por Volterra, y que la persona que le había pagado deseaba conocer a sus competidores. Incluso me dio el nombre y la dirección del lugar donde podrías encontrarlo. El Hotel Boscolo.

Ana y sus compañeros se quedaron con la misma cara de sorpresa. No sabían por qué el joven quería hablar con ellos, justo después de haberles robado el cuaderno en Nyons.

—Debemos ir —propuso Ana.

Bastien sacudió la cabeza.

—¿Para qué? ¿Qué esperas que haga ese ladrón? ¿Devolverte el diario de Jean?

Martín se mostró de acuerdo.

—No hay que ser muy listo para comprender que se trata de una trampa.

—Pero ¿qué gana con eso? —discrepó Ana—. Nos lleva ventaja. Tiene el diario, y nosotros ninguna información nueva respecto a Volterra.

A Erika la recorrió un escalofrío.

—¿Y si está aliado con... el hombre de humo?

—No se parecen en nada —comentó Ana—. El chico del pelo blanco es sutil y esquivo, pero conocemos su aspecto. El monstruo, el gigante, es invisible, pero directo y sangriento... ¡Vamos, por favor!, no puede ser que hayamos venido hasta aquí para quedarnos de brazos cruzados. Tenemos que ir a ese hotel. Y si no me acompañáis, lo haré yo sola.

Erika y Martín dijeron que ni hablar, que si pensaba hacerlo, irían con ella. Bastien también se ofreció, pero Ana, bajando la voz, le susurró que lo mejor era que se quedara junto a Cenek y le convenciera de que les dejara pasar la noche en su tienda, ya que no tenían otro sitio al que ir. Con el ceño fruncido, Bastien aceptó.

Cuando los tres salieron, Cenek se pasó lentamente la mano por una de las patillas de sus gafas.

—Un hombre de humo —dijo—. ¿Será eso lo que purificará este mundo sin sentido, lo que destruirá estas tiendas viles e impuras, quien hará...?

Bastien le dio una palmada en la espalda y se cargó de paciencia. Le esperaban unas cuantas horas junto al anticuario.

—Cenek, creo que estabas más guapo cuando bailabas con el maniquí.

La lluvia cesó al salir de la Casa Smetana, y Ana, Erika y Martín llegaron al hotel Boscolo después de cruzar el puente de Carlos IV, atravesando los charcos que habían transformado una mañana de verano en un otoño gris.

A las puertas del hotel, taxis y coches de lujo se detenían para dejar bajar a los clientes de clase alta que estaban dispuestos a pasar varias noches, o incluso semanas, en aquel hotel de cinco estrellas. Los tres entraron en él bajo las atentas miradas de los botones, que con solo echarles un vistazo dedujeron que aquellos tres jóvenes no tenían dinero ni para alojarse en el cuarto de las escobas.

Perdidos entre la majestuosa decoración del *hall*, miraron en todas direcciones, pero salvo el distinguido brillo de los muebles, de las paredes recubiertas por elegantes relieves, y del mármol tan pulido que reflejaba sus figuras como si fuera un espejo, no vieron a nadie con el aspecto del camarero de Nyons.

—No sabemos ni su nombre —dijo Erika, sintiéndose cada vez más incómoda en aquel ambiente.

Martín tenía la vista clavada en los exquisitos frescos que adornaban el techo, y pensaba que si la entrada al hotel era así, las mejores *suites* tendrían que ser algo digno de ver.

—A mí no me importaría buscarlo habitación por habitación —comentó.

—Juega con nosotros —dijo Ana—. Nos espía desde las sombras. Y no dará señales de vida hasta que nosotros demos el primer paso.

Ana examinó los mostradores situados a la derecha.

—Esperadme aquí —dijo, encaminándose hacia ellos.

Martín y Erika no le hicieron caso y la siguieron hasta quedar a un par de metros de ella, atentos a cualquier movimiento sospechoso que sucediera mientras Ana hablaba con una de las conserjes del hotel.

—Me gustaría encontrar a una persona que se aloja aquí —dijo Ana, consciente de que el chico del pelo blanco, como buen experto en pasar desapercibido, se habría registrado con un nombre falso. Tal vez, dedujo, con uno que tuviera un especial significado con lo que buscaba en Praga. Ana probó suerte—: Su apellido es... Volterra. ¿Podría decirme en qué habitación se encuentra?

La conserje tecleó con desgana el nombre en el ordenador.

—Lo siento, no hay ninguna habitación registrada a ese nombre.

—¿Y Nyons? ¿Hay algún señor Nyons? Sé que es un apellido raro, pero...

—Tampoco hay nadie que se apellide así.

Ana maldijo entre dientes. Estaba convencida de que con aquella táctica podría localizarlo. Pensó lo más rápido posible en otro nombre que simbolizara algo. Recordó la primera ocasión en la que vio al chico. El día del examen en la facultad de Derecho. En ese momento ella ignoraba todo sobre su padre, pero estaba segura de que él ya conocía de los asesinatos de los anticuarios, de los anteojos de Volterra, y de la muerte de Jean...

—Faure —dijo, probando suerte una tercera vez—. Su apellido es Faure. Ahora estoy segura. Sabía que tenía origen francés, pero hace tanto que no lo veo que lo había olvidado.

El ceño de la conserje volvió a hundirse y escribió en el ordenador «Faure». Cuando vio el resultado, le quedó claro que aquella persona lo único que quería era tomarle el pelo.

—Señorita, no hay ningún...

Pero el compañero de trabajo que tenía a su lado la interrumpió.

—¿Faure? ¿Busca a Jean-Jacques Faure?

La mirada de Ana saltó de un conserje a otro.

—Sí, el mismo.

El conserje, que era mucho mayor que la chica que le había atendido, se llevó una mano a la cabeza, como lamentando un despiste.

—¡Oh! ¡Esa persona la está esperando! Él mismo me dio el recado por si aparecía. Se encuentra en... Venga conmigo.

Ignorando a su compañera, que lo miraba preguntándose qué narices ocurría, salió del mostrador y se acercó a Ana. Con un rápido vistazo, también divisó a Martín y Erika.

—¿Son sus amigos? —le dijo con una sonrisa de aspecto cortés, pero que se notaba ensayada mil veces delante de un espejo. Típica de la clase de personas que son capaces de hacer cualquier cosa por un puñado de billetes. Un esbirro perfecto para aquel chico que sobornaba por igual a vagabundos, turistas y conserjes—. Lo siento, señorita pero tiene que deshacerse de ellos. El señor... Él... solo quiere verla a usted.

—No entiendo por qué.

—Ahora deberá caminar en esa dirección, hacia el principal restaurante del hotel. Espere allí un par de minutos, luego regrese y salga por la puerta principal. Ya en la calle, camine hasta la Torre de la Pólvora. Está cerca de aquí. Allí recibirá nuevas instrucciones. Entre tanto, yo me ocuparé de sus amigos.

La forma directa y sin vacilaciones con la que hablaba impedía a Ana discrepar de sus palabras. Sin embargo, antes de resignarse y aceptar sus condiciones, le dirigió una severa mirada, con la que le advertía que lo pagaría muy caro si se le ocurría hacer daño a Erika y Martín.

Con una nueva sonrisa dibujada en su rostro, el conserje le dio a entender que era un bribón, un trepa, un mercenario, en definitiva, un hijo de mala madre, pero que tenía conciencia, y una serie de reglas personales por las que tenía prohibido herir a alguien, salvo que no tuviera más opción.

—El señor no quiere usar la fuerza. Solo desea tener una charla con usted.

Ana decidió entonces que lo mejor era no levantar sospechas entre sus amigos, y sin hacerles ninguna señal se separó de ellos. El conserje, a su vez, salió a su encuentro cuando estos vieron que Ana se alejaba.

Sin mirar atrás, Ana escuchó cómo el hombre los paraba, y hablándoles como si fueran unos turistas recién llegados, comenzó a explicarles a Erika y Martín los servicios del hotel, las actividades que podrían realizar en la ciudad, y que él mismo estaba a su disposición para hacer realidad cualquier deseo, desde reservarles una entrada para el teatro a concretar un romántico paseo en barco por las aguas del rio Moldava. Pasando un brazo por el hombro de Martín, que era el que más resistencia oponía, se giró y quedaron de espaldas a la puerta principal, dejando el camino libre a Ana.

Ella salió sin detenerse a pensar demasiado lo que estaba haciendo.

Un suave viento había desplazado las nubes dando una pequeña tregua a la lluvia, y el sol había aprovechado la ocasión para brillar y acentuar las formas de los edificios. Esquivando personas y coches, Ana sintió que los ojos del conserje no eran los únicos que el joven del pelo cano había colocado a lo largo del camino. Otras pupilas se clavaron en ella, como si de pronto la hubieran reconocido, y bocas se abrieron a su paso expulsando frases con acentos de medio mundo que la estremecieron.

—Desde el primer momento que te vi, supe que serías tan buena como tu padre —dijo un joven ataviado con una camiseta del Sparta de Praga, riéndose a continuación como si no tuviera ni idea de lo que había dicho.

Un músico ambulante, que iba en dirección al puente de Carlos IV, tocó unas notas con su guitarra.

—No habrías sido una buena abogada... —le cantó.

Tres turistas rusas, convencidas de que estaban dándole una sorpresa a una chica por su cumpleaños, gritaron mientras leían un papel:

—¡Volterra nos ha unido a todos en una misma causa!

Desconcertada por completo, Ana llegó a la Torre de la Pólvora sin dejar de mirar a cada persona con la que se cruzaba. Era como si quien la había citado en ese lugar tuviera bajo su poder a toda Praga, jugando con sus habitantes como si fueran fichas de ajedrez.

Alzó la cabeza y contempló la torre, que haciendo honor a su nombre, tenía el mismo color que si sus piedras hubieran sido acribilladas a cañonazos, o un incendio las hubiera calcinado hasta tornarlas negras. En la parte superior, varias cabezas miraban hacia abajo sin dejar de hacer fotos de las vistas que se podían contemplar. Ana pensó si su siguiente paso era subir hasta allí, pero una voz le indicó lo contrario.

—Sigue caminando... No te detengas... Continúa hasta el reloj...

Quien le habló era un anciano con un pelo tan blanco como la persona que le había indicado que dijera eso. Ana asintió, y dejando al hombre a la sombra de la torre, se apresuró hacia el siguiente destino, que se hallaba a unos pocos cientos de metros. Apareció en la plaza de la Ciudad Vieja, y nada más pisarla quedó impresionada.

Una mano invisible la estaba guiando por los lugares más emblemáticos de la ciudad, y le pareció que con eso quería decirle algo: buscar los anteojos de Giordano da Volterra en una ciudad tan cargada de historia como aquella era una tarea casi imposible. ¿Cuántos recovecos había en cada uno de los imponentes edificios que rodeaban la plaza? Se sintió insignificante al contemplar frente a ella la iglesia de Nuestra Señora de Tyn; a la izquierda el Palacio Golz-Kinsky; la iglesia de San Nicolás a sus espaldas; y en el centro el monumento al reformista religioso Jan Hus.

Con solo echar otro vistazo supo hacia dónde debía ir.

Dentro de la misma plaza, avanzó unas pocas decenas de pasos, y adosado al Ayuntamiento dio con el Reloj Astronómico, uno de los lugares más visitados de toda Praga. Ana intentó descifrar la hora que marcaba, pero no pudo distinguirla entre la maraña de esferas que componían su mecanismo.

Entre los cientos de personas que había alrededor,

escuchó que el reloj se construyó en el siglo XV, y que mostraba, entre otras muchas cosas, la posición de los signos del zodíaco, del sol y la luna, y tres tipos de horas distintas. La gente, expectante, miraba el conjunto con impaciencia, como si fuera a ocurrir algo de un momento a otro.

Ana se apartó a paso lento del tumulto y se sentó en uno de los muchos cafés que había situados junto al reloj. Pidió una taza y la dejó sobre la mesa sin llegar a probarla. Mantenía una apariencia tranquila, pero por dentro los nervios la desbordaban. Pensó en Erika y Martín, y en cómo estarían recorriendo las calles en su búsqueda, temiendo que le hubiera sucedido algo. Pensó también en Bastien, convenciendo a Cenek para que desistiera de sus malos augurios y les ayudara a encontrar el objeto de Volterra. Y también pensó en su madre, y en cómo sin darse cuenta la había desplazado de su pensamiento: no había hablado con ella desde su regreso a Nyons, y ahora resultaba todavía más complicado explicarle la verdad. No le quedaba más remedio que seguir mintiendo. Pero cuando su mente comenzó a pensar en la forma más factible de engañarla, se dio cuenta de que eso es lo que había hecho su padre durante toda su vida.

Comprendió cómo Jean-Jacques Faure, inmerso en aquel mundo de misterios, peligros y antigüedades, se había convertido en una víctima de su propia obsesión. Ella solo había corrido un poco el velo que llevaba a ese mundo, pero fue atrapada por la misma fuerza irresistible. Ya había empezado a renunciar a lo que la rodeaba en favor de esos objetos perdidos en el tiempo, y donde su familia y amigos iban a ser los primeros en caer.

En mitad de esos pensamientos, la piel de Ana se erizó al sentir a alguien muy cerca suya. No fue necesario que moviera la cabeza para saber de quién se trataba. Una cabellera del color de la niebla se movió a su derecha. Un cuerpo se colocó a su lado, y unas piernas se cruzaron de forma relajada.

—Tienes la misma mirada que tenía yo cuando cumplí los doce años —le dijo—. Y es que al final todos los que nos dedicamos a este negocio nos acabamos pareciendo.

Los ojos de Ana se volvieron hacia quien le hablaba.

Allí estaba.

A plena luz del día, delante de todo el mundo, sin trucos, se encontraba el chico del pelo blanco.

CAPÍTULO 10

—Observa —le dijo a continuación a Ana, invitándola a desplazar la mirada que tenía clavada en él hacia la multitud reunida alrededor del Ayuntamiento—. Hemos llegado justo a tiempo.

Una legión de teléfonos móviles se alzó en dirección al reloj. La gente miraba a través de sus pantallas —encuadrando, acercando o alejando el zoom, pensando en el filtro de color que le añadirían después— como si solo a través de ellas pudieran apreciar la realidad. Se escucharon unas campanadas y los murmullos aumentaron.

El chico sonrió.

—Mira hacia arriba. El desfile de autómatas está a punto de empezar.

Sobre el reloj se abrió una puerta, y ante el asombro de los turistas, y de la propia Ana, aparecieron unas figuras que representaban a los doce apóstoles.

Eran unos muñecos mecánicos que atravesaban la abertura de manera pausada, realizaban un ligero movimiento y miraban a los curiosos que había abajo. Mientras desfilaban uno detrás de otro, unas pequeñas campanas repicaron, y en menos de treinta segundos todos desaparecieron. La puerta se cerró, y fue como si nada hubiera ocurrido. Algunos turistas aplaudieron mientras otros revisaban el video o las fotos que habían hecho, faltándoles tiempo para compartirlas con sus amigos. Acto seguido todos se desperdigaron por la plaza, en busca del siguiente monumento que debían visitar.

—¿Te has dado cuenta de que la mayoría miraba a los apóstoles y casi ninguno a las figuras de más abajo? Junto al reloj hay otros cuatro autómatas, donde cada uno representa algo inherente al alma de todo ser humano. Y entre todos, hay uno que siempre pasa desapercibido, el de la Muerte. Con su forma de esqueleto, tocando una campana con una mano y en la otra portando un reloj de arena. Es su forma de decirnos que no la olvidemos, porque ella no se olvida de nosotros, y tarde o temprano vendrá a buscarnos. Pero, como ves, a nadie le ha dado por pensar eso mientras sonaba el reloj. Y así ocurre con el resto de esta ciudad. Y con casi cualquier cosa en la vida. El mundo prefiere vivir en la mentira antes que sentir un mínimo de angustia al rozar la verdad. Por eso son tan fáciles de engañar...

La voz del chico era directa y profunda. Con un tono al principio afectado y grandilocuente, como de alguien que quiere darse más importancia de la que tiene, pero ciertas inflexiones dejaban ver que en él había algo más que una pose. Su aspecto, con unos mechones de cabello blanco que le caían a ambos lados de la frente, y una piel pálida, de una textura cercana al hielo, daban una sensación tanto de fragilidad como de amenaza, igual que cuando un espejo se rompe y sus pedazos se convierten en filos cortantes. Características que Ana ni siquiera había intuido en el camarero que les atendió en Nyons. O en el falso estudiante de Erasmus. Como si fuera capaz de hacerse invisible a placer, y al mismo tiempo convencer a cualquiera para le realizara el trabajo sucio.

—Para ti todos somos marionetas, ¿no? —dijo Ana—. Y desde cuanto más sitios muevas los hilos mejor: Alicante, Nyons, Praga... Burlándote de todos. Sin que nadie sepa ni que existes.

—Hasta ahora —respondió él.

Ana se fijó en sus labios. La sangre los coloreaba de un tono morado al hablar, pero cuando callaba quedaban secos, agrietados, sin vida. Resolvió que si la conversación iba a continuar necesitaba saber más de él.

—¿Cómo te llamas?

—Aleksi.

—¿Ese es tu nombre real o también tendré que esperar para conocer el auténtico? Es muy difícil creerte. Quizá solo seas otra persona a sueldo de quien desea encontrar lo mismo que nosotros. Otro eslabón más de una cadena de personalidades infinita.

—Mi nombre es finlandés, y me temo que lo que ves es mi forma verdadera. —En el rostro de Aleksi se reflejó un punto de incomodidad—. Lo cierto es que tu idea es mucho más inteligente: debería haber usado a otras personas para no ser descubierto; pero me pierde la curiosidad, y acabo cometiendo errores. No debí aparecer en tu universidad. Ni como camarero en Nyons. Te subestimé.

—O tal vez querías que te reconociera. Que supiera que estabas aquí, y así tenerme bajo control.

El pie de Aleksi, que se balanceaba distraído en el aire, quedó quieto.

—A veces olvido que estoy hablando con una Faure.

Ana no disimuló su orgullo.

—¿Cómo supiste de mí? ¿Cómo sabías que en Alicante encontrarías a la hija de Jean-Jacques Faure?

—Alguien me dijo que tu padre había muerto.

—¿Quién?

—Eso te lo contaré más tarde... Cuando lo supe, recordé que siempre habían circulado rumores sobre una hija que Jean-Jacques tenía en España. Encontrarte fue fácil: solo tuve que seguir a Bastien, su ayudante, que a su vez llevaba varios días siguiéndote a ti. Mi único mérito fue descubrir que eras Ana Faure antes que él. Porque tu apellido, lo creas o no, ha estado en boca de todos los anticuarios durante mucho tiempo. Cuando aún no sabías hablar ni andar, las Casas ya debatían sobre el hecho de que algún día tú serías la dueña de la tienda de tu padre. Algunos pensaban comprártela, otros estaban empeñados en encontrar algún resquicio legal para que no la heredaras, y deshacerse así de un competidor. Pensaban que amenazándote un poco huirías bajo las faldas de tu madre. Pero alguien se adelantó a todos ellos, y no solo decidió zanjar el problema asesinando a tu padre, sino también a otros muchos anticuarios, cuyas Casas han sido eliminadas antes de darse cuenta de lo que ocurría.

—El hombre de humo... Él es el asesino.

Una carcajada salió de la boca de Aleksi e hizo sentir a Ana como una ingenua.

—El hombre de humo... ¿Así lo has bautizado? Tiene su gracia. Aunque estando en Praga podrías llamarlo también el gólem. Cuántas palabras para definir lo que no se comprende, ¿verdad?

—¿Tú sabes quién o qué es?

Una llamarada de color apareció en la piel Aleksi y su silueta de hielo se derritió a causa de un sentimiento que prendió en su interior.

—Me da rabia reconocerlo, pero desconozco la naturaleza de ese ser. En ese aspecto soy tan ignorante como tú. En cambio, sí puedo contarte algunas cosas sobre su comportamiento. La primera: que no solo te persigue a ti. Después de, por así decirlo, tomar prestado el diario de tu padre, y de que tu amiguito Bastien casi me matara de un disparo, entré en la casa que me había servido de refugio en mi estancia en Nyons. Allí, creyéndome a salvo, y mientras intentaba descifrar los dibujos de Jean-Jacques, una bola de fuego partió en mil pedazos una de las ventanas y cayó sobre el colchón que me servía de cama. La habitación comenzó a arder, extendiéndose las llamas con rapidez al resto de la casa. Buscando una salida, saqué la cabeza entre los cristales rotos y vi a tu hombre de humo. Estaba atrapado a su merced.

—¿Cómo escapaste?

—El gólem me dejó —dijo, y ante el gesto de

incredulidad de Ana, Aleksi levantó ambas manos en señal de que no tenía culpa de haber tenido tanta suerte—. No sé cómo explicarlo, pero mientras recorría la casa sin encontrar ningún hueco por el que escapar, miré de nuevo por la ventana y aquel ser ya no estaba. No se trataba de una trampa. No me había dejado libre para después esperarme en otro lugar. Simplemente desaparecido. Como si, tras atacarme, se hubiera dado cuenta de que había cometido un error. Y ese gesto me llevó a una convicción: el gólem no actúa por cuenta propia. Se trata solo de un instrumento guiado por una voluntad superior. Y yo sé quién es esa persona.

Ana lo escuchaba atónita sentada en el borde de su asiento.

—¿Quién es el responsable?

—Mi padre.

Ana no podía creer lo que escuchaba.

—Pero... ¿quién es tu padre?

La gente había vaciado los alrededores del reloj astronómico, y en aquella parte de la plaza de la Ciudad Vieja se abrieron varios huecos, que hicieron que Aleksi moviera su cabeza igual que un animal cuando siente cerca un peligro. Se alzó de la silla.

— Tenemos que cambiar de lugar. Somos demasiado visibles aquí.

Ana lo acompañó. Bajo las torres de la iglesia de Nuestra Señora de Tyn, lugar que había sido última morada de varios astrónomos y alquimistas, vio a un grupo de personas avanzar, pero entre ellos no distinguió ni a Erika o Martín.

—¡Vamos! —insistió Aleksi—. No estoy

acostumbrado a ser visto durante tanto tiempo.

Cruzaron el puente de Carlos IV con Aleksi con la cabeza baja, como si quisiera que la gente solo se fijara en el color de su pelo y no en su rostro. Tras descender unas escaleras, llegaron a la isla de Kampa, una extensión de tierra situada bajo el puente y que estaba separada del distrito de Malá Strana por un brazo de agua conocido como Čertovka, el Canal del Diablo, adornado por unas casas que bordeaban la orilla y algunos molinos antiguos por donde todavía pasaba el agua.

Mientras se adentraban en el corazón de la isla, Ana notó que Aleksi solo recuperó la compostura cuando se apartaron de los bulliciosos restaurantes con vistas al Moldava y llegaron a unos jardines por donde solo unas pocas personas transitaban, ya fuera a pie o en bicicleta.

—Es curioso cómo Praga, considerada una de las ciudades con los habitantes más ateos del mundo, sea al mismo tiempo la que tiene el mayor número de leyendas por metro cuadrado. Sobre ese Canal del Diablo que hemos visto antes, por ejemplo, dicen que en realidad debe su nombre a una lavandera de odioso carácter que vivía por aquí. También cuentan que al diseñador del reloj astronómico le arrancaron los ojos para que no pudiera hacer otro igual. Y tampoco podemos olvidarnos de la interesante leyenda de San Juan Nepomuceno...

Sus pasos sobre la grava eran el único sonido que interrumpía la quietud que allí se respiraba.

—Todo eso me lleva a la conclusión de que cada uno de nosotros, tarde o temprano, debe elegir el tipo de ficción que guiará su vida. La religión, las leyendas, la historia misma, no son más que relatos que nos son necesarios para comprender la realidad. Y de entre todos, nosotros hemos elegido uno de los más increíbles: el de Giordano da Volterra.

—¿Eres de los que piensan que existió?

—¿Importa realmente? —dijo Aleksi, acelerando el paso—. Lo único a tener en cuenta son los anteojos, no a su inventor. Y como estoy seguro de su existencia, podré hacerme con ellos.

La forma de decirlo no dejó dudas a Ana sobre las intenciones de Aleksi.

—¿Y por qué los quieres?

Un relámpago estalló en el interior de las pupilas del chico.

—Por orgullo familiar... Hace mucho tiempo, más de cuatro siglos, alguien de mi linaje estuvo a punto de hacerse con ellos. Los tuvo en sus manos. Lo logró tras seguirle la pista a través de la historia, desde el momento en que Volterra, según la teoría que desarrolló mi antepasado, y por alguna razón desconocida, decidió repartir sus inventos. Donó uno a cada persona con la que encontró, sobretodo viajeros, que los llevarían muy lejos de él. Sus gafas, en concreto, se las dio a un comerciante sin revelarle el secreto que guardaban, y estas empezaron a dar vueltas por el mundo.

—¿Quién era ese familiar?

—Tenía el mismo nombre que yo: Sibelius. Aleksi Sibelius. Los anteojos, como las mareas de un océano, han tenido épocas de gran actividad unidas a otras en las que casi se dieron por perdidos. Después de que Volterra se deshiciera de ellos, cerca de 1290, transcurrieron casi cuatrocientos años hasta que volvieron a salir a la luz. El Aleksi Sibelius original registró, igual que tu padre, sus avances en un diario, que por desgracia se perdió, y solo la tradición oral entre los miembros de mi familia, con los consiguientes añadidos, distorsiones y exageraciones, nos ha servido de referencia. Cuando me contaron su historia de pequeño, recuerdo la parte en que los anteojos, tras muchas idas y venidas, pasaron a manos de un rey del que ya nadie recordaba su nombre, pero que quedó maravillado por aquel objeto. Mi antepasado consiguió encontrar el sitio donde lo guardaba en el año 1600.

—Y lo robó.

—Sí, del mismo modo que Jean-Jacques Faure y el resto de Casas han conseguido objetos a lo largo del tiempo.

Aleksi señaló hacia el puente de Carlos IV, por el cual habían cruzado, y que estaba casi oculto por los árboles.

—Fue asesinado allí. De dos disparos. Pero antes de que le arrebataran lo que tanto le había costado conseguir, apretó los anteojos contra su pecho y se tiró al río, al tiempo que gritó a sus enemigos mientras la vida se le escapaba a borbotones: «¡Larga vida a la Casa Sibelius!».

La pasión desbordaba de tal manera a Aleksi como si el alma de su antepasado, convertido en héroe precisamente gracias a una leyenda, se hubiera instalado en él.

—Descubrí que este era el puente al ver el cuaderno de tu padre. Saber que Praga era la última ciudad donde se vieron los anteojos hacía que todo cobrase sentido. Ahora era sencillo averiguar el nombre del rey que quedó atrapado por el objeto: Rodolfo II, Emperador del Sacro Imperio Romano Germánico, que al hacer de Praga su hogar, logró que la ciudad se convirtiera en un lugar de peregrinación para cualquier astrónomo, pintor, alquimista o matemático que deseara medrar en su oficio. Tycho Brahe, Arcimboldo, Bartholomeus Spranger, y hasta farsantes y buscavidas como John Dee se beneficiaron de la obsesión que Rodolfo II tenía por las artes y las ciencias, pero también por lo extravagante y misterioso. Coleccionista compulsivo, convirtió el Castillo de Praga en el mayor gabinete de curiosidades que jamás creado. Además de obras de arte de Tiziano, Durero, Tintoretto o Brueghel, reunió objetos apetecibles para cualquier Casa: amuletos, reliquias de santos, piedras preciosas, fósiles, fetos en formol, huesos de enanos y gigantes o cuernos que creían que pertenecían a unicornios... ¡Cómo no lo pensé antes! ¡Era del todo lógico que los anteojos de Volterra estuvieran allí! Tras la muerte del rey Rodolfo, muchas de las antigüedades se perdieron o fueron vendidas por precios ridículos. Pero antes de que eso ocurriera, Aleksi Sibelius se adentró en el Castillo de Praga y se hizo con ellos.

Ana se encontraba abrumada por todo lo que Aleksi conocía sobre Giordano da Volterra, Praga y la historia que los unía a ambos. Datos demasiado reveladores, y que alguien con tanto interés por encontrar los anteojos no debería dar de forma tan directa a la que se suponía era su competidora.

—¿Y tu padre qué tiene que ver con todo esto? ¿Por qué me has dicho que él era quien controlaba al hombre de humo, si esa misma cosa estuvo a punto de matarte?

Se detuvieron a las puertas del Museo Kampa de arte moderno, ubicado en el centro de la isla, cuya alta y blanca fachada no desentonaba con el verdor de la vegetación que la rodeaba.

Ana se fijó en que Aleksi apretaba sus puños con fuerza.

—Te envidio, Ana Faure, y a un mismo tiempo me das lástima. Crees que siguiendo los pasos de tu padre, y hallando a su asesino, podrás recuperar el tiempo perdido entre los dos. Que será una especie de reconciliación entre la hija necesitada de amor y el padre ausente. Como si los años en los que no lo viste fueran solo un mal recuerdo perdonable. Cuando la realidad es que, si tu padre siguiera vivo, estaría en cualquier parte salvo a tu lado, y tú seguirías esperándolo como una idiota.

Aquel súbito ataque hirió a Ana. La cordialidad de Aleksi, distante pero a la vez considerada, había dado paso a una aversión desmesurada.

—No te equivoques. Tarde o temprano lo hubiera encontrado —contestó Ana—. Y te juro que cambiaría todo lo que me está pasando por poderlo ver una vez más con vida.

—Respeto tu opinión, pero si por regla general los progenitores son expertos en amargar las vidas de sus hijos, los padres propietarios de Casas son una raza aparte.

—¿Se portó tu padre mal contigo?

En el rostro de Aleksi se abrió una grieta con forma de sonrisa. Hacía mucho que no oía una simpleza de tal calibre.

—Decir que Seppo Sibelius, mi padre, solo «se portó mal» conmigo es quedarse corto. Decir que es el Mal, el Terror y la Avaricia personificada, se acerca un poco más a la realidad. Al contrario que tu padre, él no se alejó de mí con el paso de los años. Mi madre murió al poco de nacer yo, y él, basándose en su personal concepción de la responsabilidad, me educó, o al menos eso mostró de cara al público. Lo cierto es que nunca vio en mí un hijo, sino a un trozo de carne con ojos que, con el entrenamiento adecuado, serviría para tomar las riendas y conservar el legado de la larga y próspera Casa Sibelius cuando él no estuviera.

»Solo te daré una pista de lo que fue mi educación: con cuatros años me obligó a leer y aprenderme de memoria el *Index Librorum Prohibitorum*. La versión de 1564. En latín. Dijo que sería bueno para que me familiarizara con obras, autores y épocas que me serían de gran ayuda para el negocio, y para aprender idiomas distintos al mío. Después llegarían volúmenes escritos en inglés, francés, alemán, español... Maldita sea, recuerdo cada título. Cada línea.

Aleksi se frotó las palmas de las manos, como si golpes dados en ellas hace mucho tiempo dolieran de nuevo.

—Durante trece años, hasta los diecisiete, incliné la cabeza y aprendí, y no solo sobre antigüedades y objetos imposibles, sino también sobre mi padre. Supe que casi la totalidad de nuestros ingresos no procedían de la Casa Sibelius, sino de un negocio distinto, que consistía en realizar informes económicos sobre empresas en alza, descubrir irregularidades en ellas y denunciarlas públicamente, al tiempo que se apostaba a favor de la quiebra de esa empresa, logrando grandes dividendos con la operación. Todo el dinero ganado era invertido tanto en la Casa Sibelius como en la destrucción de las demás tiendas de antigüedades que eran competencia nuestra. Yo no soporté la situación por más tiempo, y escapé de casa a la primera oportunidad que se me presentó. Desde entonces mi único deseo no ha sido otro que ver hundirse a la Casa Sibelius. La codicia de mi padre ha perdido por completo el control, y sus acciones nada tienen que ver con la manera con la que mis antepasados llevaron la tienda.

La historia de Aleksi era para Ana como una madeja de hilo de la que cada vez que estiraba salía nueva información.

—Entonces supones que tu padre ordenó las muertes de anticuarios ocurridas últimamente.

Aleksi sacudió con fuerza la cabeza.

—No lo supongo. Lo sé. Quiere hacerse con el control de todas las Casas. Ha imaginado la cantidad de objetos que podría conseguir, y no parará hasta hacerse con todos. Actúa sin mancharse las manos, por eso envió al gólem, al hombre de humo, para realizar el trabajo. Pero Jean-Jacques Faure fue más listo, y antes de ser asesinado buscó los anteojos de Volterra. No lo consiguió, pero algo tiene que haber en ellos para que mi padre tenga tantas ganas de encontrarlos.

—Algo que todavía no sabemos lo que es... —dijo Ana.

El semblante de Aleksi se mantuvo rígido. Alerta.

—Me es indiferente para qué valen. Si lo desea mi padre, significa que podré usarlo en su contra, y con eso es suficiente. Y si te he contado mi historia, es solo para decirte que yo también quiero esos anteojos... Pero no para utilizarlos, como tú, sino para todo lo contrario. Quiero destruirlos.

—Ese objeto es la única forma de desenmascarar al asesino —dijo Ana, temiendo que la posibilidad de hacer pagar el crimen de Jean-Jacques se evaporara—. No puedo permitir que lo hagas.

—¿Ese es tu único fin? ¿La venganza? —Un aire burlón recorrió a Aleksi—. ¿Pretendes aniquilar al hombre de humo? Y ¿por qué no ir en contra del verdadero responsable, Seppo Sibelius?

—Cada cosa a su tiempo... —respondió Ana con determinación.

—Es fascinante lo que logra hacer la ignorancia. —Aleksi transformó su sarcasmo en una cruel sonrisa, y echando un vistazo a su alrededor sintió otra vez la necesidad de cambiar de sitio—. Todo esto te viene muy grande, y yo no tengo tiempo para darte explicaciones. Solo te diré lo fundamental: es imposible que te acerques a mi padre. Nadie sabe dónde se encuentra. Ni siquiera yo. En cambio, él siempre sabrá dónde estás tú. Tiene una capacidad asombrosa para vislumbrar el futuro, igual que un jugador de ajedrez cuando estudia a su enemigo, se adelanta a sus movimientos, y sabe que va a ganar la partida nada más empezarla. Al ser inalcanzable, solo sé que podré hacerle daño destruyendo esos anteojos, y nadie podrá impedírmelo. Ni siquiera tú. Aunque tenga que pasar por encima de tus estúpidas ansias de justicia.

—Por tanto, si los dos buscamos derrotar a Sibelius, ¿nos convierte eso en aliados?

Ana sintió cómo Aleksi la miraba con frialdad, conteniendo el disgusto que le producía esa idea. Pero a continuación un rubor apareció y coloreó su pálida tez.

—Quizá lo somos. Al menos todo lo que un Faure y un Sibelius pueden llegar a serlo —admitió entre dientes, y dando un par de largas zancadas se separó de Ana.

Ella lo vio perderse entre la frondosidad de los árboles de la isla de Kampa, justo cuando el cielo volvió a encapotarse, un trueno sonó con fuerza y la lluvia empezó a caer otra vez sobre Praga. Cerca de la entrada del museo de arte moderno, descubrió unas esculturas de gran tamaño que le sorprendió que le hubieran pasado desapercibidas mientras hablaba con Aleksi: sus formas eran desproporcionadas y desentonaban con el ambiente clásico que caracterizaba la ciudad. Tenían las formas de tres bebés gigantes de color negro. Iban a gatas y no tenían cara. La lluvia había hecho que los turistas que hasta ahora los habían estado fotografiando huyeran de la zona. Ana se refugió en ellos colocándose bajo el arco que formaban los brazos de uno de los bebés. Tomó su teléfono y llamó a Erika para decirle que estaba bien y que pronto se verían en la tienda de Cenek; pero mientras sonaba el tono pensó en Aleksi, y en ese momento se dio cuenta de que no lo veía ni como un aliado ni como un enemigo. Sino como algo diferente.

Hablar con él había sido, se dijo, como mirarse en un espejo.

CAPÍTULO 11

Esa misma noche, mientras la lluvia se transformaba con el paso de las horas en una intensa tormenta de verano, todos se cobijaron bajo el techo de la tienda de Cenek. El anticuario, con las manos en los bolsillos, miraba con desaprobación a los que, tras insistirle durante largo rato Bastien, había dejado hospedarse allí.

Era pasmoso, pensaba, cómo a pesar de lo inútil de su búsqueda, aquel grupo estaba decidido a adentrarse más y más en algo que solo los llevaría a situaciones de peligro, o incluso a algo peor. Con lo sencillo que era hacerse a un lado, como hacía él, y que las cosas sucedieran tal y como tenían que suceder. En el que alargar la agonía de las Casas, la suya la primera, se le antojaba una estupidez.

Entre las incesantes ráfagas de lluvia que golpeaban el local, Ana contó a sus amigos su encuentro con Aleksi, la rama más esquiva y revolucionaria de la Casa Sibelius, que en una rara deferencia con sus competidores, había compartido información sobre

Giordano da Volterra, junto a la sospecha de que su padre, Seppo Sibelius, era quien estaba detrás de las muertes de los anticuarios.

Erika, que tras confesarle Ana que tuvo que darles esquinazo a ella y a Martín en el hotel para hablar con aquel chico, se sintió ofendida, y entre el humo de un cigarro que salió de sus labios, le dijo:

—¿Y crees que te ha contado todo eso por amor al arte? ¿Tan solo porque le has gustado?

Ana no quería empeorar aún más la relación con su amiga.

—Está claro que contándonos esos detalles nos ha proporcionado cierta ventaja, aunque en realidad el gran beneficiado es él. Nosotros investigaremos mejor, pero a cambio él no nos va a quitar el ojo de encima.

—Es decir, nos ha convertido en otra de sus marionetas... —añadió Martín, disimulando la inquietud que le provocaba que Ana hubiera hablado con aquel tipo.

—Al menos somos conscientes de ello.

Bastien, inclinado sobre las patas traseras de una silla, se mesaba la barba.

—Sibelius... —murmuró—, Seppo Sibelius...

—¿Mi padre te contó algo sobre él?

—Jean solo me hablaba de las otras Casas por negocios, o si teníamos que visitar una de ellas. El resto del tiempo lo omitía cualquier referencia. Era su forma de decirme: «Con que sepas que existen es suficiente. Saber más hará que no puedas dormir por las noches». No le faltaba razón.

La lluvia arreció y la humedad hizo crujir cada

mueble y antigüedad que había en la tienda. Cenek recordó las inundaciones que arrasaron Praga hace unos años, e imaginó con deleite que una tromba de agua entraba por la puerta, y un desbordado Moldava se los llevaba a todos por delante.

El tenaz aguacero fue para Ana una señal de advertencia.

—Debemos organizarnos y establecer una serie de normas para la búsqueda de las lentes. Y creo que hay una que tendrá que estar por encima de todas: nunca, jamás, salir de noche.

Pensaron en el hombre de humo vagando por las calles de Praga igual que una niebla negra, con el único cometido de encontrarlos y acabar con ellos. A pesar de su temor, eran conscientes de que aquel ser tenía algunas limitaciones: no se mostraba a la luz del día, ni delante de una gran cantidad de personas, y pensaron que podían aprovecharse de eso.

—¿Esa cosa aguantaría un día de lluvia como este? —preguntó Martín.

—Yo no estoy dispuesta a comprobarlo —respondió Erika.

Ana entonces les mostró un mapa de Praga que había comprado en su camino de regreso a la tienda y lo extendió sobre la mesa. Les expuso su plan:

—Podemos formar dos grupos e investigar por separado; siempre que sea de día, como hemos dicho. Podremos ver más sitios y hablar con más gente. —Señaló con un dedo la ciudad y la recorrió de oeste a este—. Había pensado que Bastien y yo podíamos formar un equipo, y Erika y Martín otro.

Erika y Martín se miraron. Mientras habían buscado a Ana por el hotel y por las calles, apenas se habían dirigido la palabra. Sin Ana delante no sabían de qué hablar. No encajaban el uno con el otro. Y ante la idea de pasar el día siguiente juntos, casi preferían salir en medio del chaparrón y encontrarse de bruces con el gólem. Pero Ana continuó su discurso antes de que les diera tiempo a quejarse.

—Hay dos lugares fundamentales a los que tenemos que ir: el Castillo de Praga y el Barrio Judío. En el primero estuvieron los anteojos de Volterra durante el reinado de Rodolfo II, y aunque es seguro que ahora no estén allí, puede haber alguna pista que nos sirva de ayuda. Por su parte, el Barrio Judío está tan lleno de historias y leyendas, que es posible que alguien recuerde algo, si no sobre Giordano da Volterra, sobre su invento. Los anteojos no han salido de aquí en los últimos cinco siglos. Tiene que existir alguien que haya oído hablar de ellos. ¿Cuál elegís?

Erika fue quien decidió primero.

—El Barrio Judío. Mejor caminar al aire libre que recorrer los salones de un aburrido castillo. Así también podré hablar con los praguenses, que seguro que tienen más conversación que otros que conozco —concluyó mirando a Martín, que resopló resignado.

Ana giró la vista hacia el único que se resistía a intervenir.

—¿Y tú que harás, Cenek? ¿Cómo nos vas a ayudar?

El dueño de la Casa Smetana los había escuchado al comienzo con atención, pero después, y dejándose llevar por los ecos de la tormenta, los había olvidado por completo. La interrupción de Ana lo disgustó.

—¿Os parece poca cosa haberos ofrecido mi tienda? —preguntó furibundo—. ¿Tan poco vale el que esté aquí con vosotros, a estas horas de la noche, en vez de estar durmiendo en mi casa? ¿No tenéis en cuenta la paciencia infinita que hay que tener para no empezar a insultaros y gritar que no decís más que necedades? Ya he hecho bastante, Ana Faure. Ahora solo quiero que me dejéis en paz.

—Por eso no te preocupes. Lo haremos. Pero antes solo quiero pedirte una cosa: no te separes del teléfono. Quizá mañana necesitemos tus conocimientos en algún momento. ¿Puedes concedernos eso?

Ana observó cómo la afectada pose de Cenek se tambaleaba ante aquella mención a su sabiduría. Por muy agorero que se mostrara, y por mucho que repudiara su oficio, seguía siendo un anticuario, y pocos de ellos se resistían a que alguien diera un poco de lustre a su vanidad.

—Bueno, si es solo hablar por teléfono...

Y en un arranque de insólito optimismo, Cenek manifestó que era hora de que cenaran y que podía encargar algo de comida.

Media hora más tarde, y tras degustar unas generosas raciones de *bramvorak* y queso frito, los cinco alzaron sus copas llenas de cerveza checa, vivo moravo y agua y brindaron por el mero hecho de estar juntos, evitando hablar de Volterra y todo lo que le rodeaba. Lo consiguieron, pero sin olvidar lo que sucedía fuera de la tienda. Las fuerzas que, como buitres, los rondaban y acosaban sin descanso, esperando que cometieran un error.

La lluvia, mientras tanto, siguió repicando toda la noche.

A las nueve de la mañana del día siguiente, Ana y Bastien, tras subir el pequeño camino que se abría a unas pocas decenas de metros de la tienda de Cenek, al final de la calle Nerudova, llegaron al Castillo de Praga. Los turistas, ya sin lluvia anegando las calles, amanecieron con más ganas de visitar la ciudad que nunca. Pensando que llegarían los primeros, descubrieron que el castillo llevaba abierto desde las cinco de la mañana, y varios centenares de personas esperaban su turno para entrar.

—Todo esto tendría que haber ocurrido en invierno —se lamentó Bastien, secándose el sudor de la frente.

Ya dentro, y aunque su idea era obviar lo que no tuviera relación con Volterra, quedaron asombrados con lo que vieron, al tiempo que comprendieron que se habían hecho una idea totalmente equivocada del lugar: el Castillo de Praga era cualquier cosa menos un castillo.

Se trataba más bien de una pequeña ciudad amurallada, consistente en una serie de monumentos conectados por calles, y donde destacaba por encima del resto la catedral de San Vito, cuyas torres habían vislumbrado varias veces en su primer recorrido por la ciudad, y que solo por su imponente figura los hizo sentir tan pequeños e insignificantes como insectos. Calcularon que si la recorrían con atención, les llevaría más de dos horas. Contemplaron el mosaico situado en la fachada sur de la catedral, dedicado al Juicio Final, y Ana y Bastien comprendieron que no habían empezado su tarea y esta ya resultaba inabarcable.

—¿Y si los anteojos de Volterra están dentro de San Vito? ¿O en la basílica de San Jorge? ¿O en el Palacio Real? —preguntó Bastien.

Ante el vértigo que les produjo aquel infinito número de posibilidades, se pusieron en marcha poniendo el oído, más que la vista, en los numerosos guías que recorrían el castillo explicando su historia a los visitantes. Así supieron que muchas estancias eran de uso gubernamental, donde varias estaban ocupadas por el mismísimo Presidente de la República Checa.

Bastien torció el gesto.

—Me parece que ese Aleksi Sibelius se está quedando con nosotros. Y creo que fue un error que hablaras con él.

—¿Por qué? —preguntó Ana.

—Por dos motivos: el primero es el que te conté anoche. Que no recuerde a Jean hablar de la Casa Sibelius me aterra más que me tranquiliza. Aunque Aleksi esté en contra de su padre y quiera refundar la Casa familiar, no quita que sea peligroso, y que fuiste una inconsciente viéndote a solas con él. Si en lugar de ayudarte hubiera querido acabar contigo, lo habría hecho. Y tu cuerpo estaría ahora descansando en el fondo del Moldava.

—¡No exageres! —dijo Ana, sorprendida por la seriedad de Bastien—. Desde el primer momento supe que no corría ningún peligro. Además, aunque tenga vuestro apoyo, también necesito hacer cosas por mi cuenta, porque de ese modo podré protegeros a vosotros.

Las cejas de Bastien, largas, grises y despeinadas, se movieron al son de una réplica que no pudo verbalizar. Se cruzó de brazos y permaneció en silencio, la vista puesta en los tejados de los edificios.

—¿Y el segundo motivo? —le inquirió Ana.

—¿Qué?

—La otra causa por la que no te gustó que hablara con Aleksi.

Bastien se arrepentía de haberlo mencionado. No quería decírselo. Sin embargo, desde el día que la conoció, Ana había despertado en él unos instintos de protección que jamás había sentido. Bastien no tenía hijos, ni los deseaba, pero el cargo moral que él mismo había asumido, le obligó a velar los pasos de la hija de su mejor amigo como si fuera la suya.

—Eres una copia perfecta de Jean en muchos aspectos —dijo alzando el mentón—: en su arrojo, en su tozudez, en sus ansias por saber más, en actuar cuando los demás dudan. Pero eso también hace que los que lo conocimos, con solo echarte un vistazo, sepamos qué pasa en tu interior.

—¿Sí? —dijo Ana, incrédula—. ¿Y en qué estoy pensando ahora mismo?

—No tengo ni idea de lo que estás pensando, pero observando tus ojos... veo los mismos que ponía Jean cuando se enamoraba de alguien.

Si Ana buscaba alguna sorpresa en la respuesta de Bastien la había encontrado.

—¿Enamorada? ¿Yo? ¿De Aleksi?

—Que yo sepa no he pronunciado ningún nombre. Tan solo he dicho lo que veo.

—Pues tus dotes de adivinación son pésimas —dijo contrariada Ana—. Y te recuerdo que aunque sea muy parecida a mi padre, no soy él, y hay cosas que no haré de la misma manera, como abandonar a mis amigos y a mi familia. Enamorada, dices... ¿Pero quién puede enamorarse de una persona hablando con ella solo unos minutos?

Bastien sonrió ante el rostro enrojecido de Ana.

—Pues a tu padre le ocurrió varias veces. Y mí otras tantas.

—¡Oye, no quiero saber nada de tu vida sentimental! —exclamó Ana, y al oírse se le escapó también una sonrisa.

La pista que tanto ansiaban encontrar no apareció hasta una hora más tarde. Ocurrió cuando uno de los guías del castillo pronunció en una misma frase los términos «Rodolfo II», «alquimia» y «Callejón de Oro». Camuflándose entre un grupo de turistas, caminaron hasta aquel lugar, situado también dentro del Castillo de Praga.

En sus orígenes, el Callejón de Oro fue uno de los lugares más famosos de la ciudad. Formado por pequeñas casas pintadas de vivos colores, era el lugar donde comerciantes y artesanos vendían sus productos. Un pintoresco sitio que, cómo no, también poseía sus leyendas. Aquí, decían, vivían los alquimistas que durante el reinado de Rodolfo II prometieron a su monarca la hazaña de convertir cualquier metal en oro.

Un sitio cargado de misterios y posibles hilos de donde tirar, del que, por desgracia, no quedaban más que la fachada de sus casas, donde sus interiores se habían convertido, como en la rue des Déportés de Nyons, en un paraíso para el visitante aficionado a los restaurantes y las tiendas de suvenires.

Ana, cansada de que cada paso que daban estuviera ensuciado por siglos de olvido y turismo mal entendido, se acercó a un mochilero de origen griego que había en el grupo que seguían, y ofreciéndole unas cuantas coronas checas, le dijo que se las daría si le hacía al guía una determinada pregunta. El griego los miró como si fueran dos chalados recién escapados del manicomio, pero ante la insistencia de Ana, y el movimiento de los billetes, hizo que alzara una mano.

—Disculpe —dijo el griego en un precario inglés, interrumpiendo la explicación del guía—, ese rey que ha mencionado, Rodolfo II, además de proteger a alquimistas, se sabe que tenía una gran colección de objetos raros, y que los guardaba en un lugar llamado Sala de las Maravillas. ¿Ese sitio se encuentra en el Castillo de Praga?

Molesto por aquella pregunta que nada tenía que ver con lo que estaba explicando, el guía ventiló al griego con rapidez:

—Los escasos objetos que se conservan de esa época fueron adquiridos tras la muerte del monarca por el Monasterio de Strahov. Allí podrá verlos, y un guía con más tiempo libre del que yo dispongo le explicará todo lo que quiera saber sobre ellos... —Varias personas se rieron de aquella contestación, y el guía aprovechó para retomar su monólogo —. Ahora, si no hay más interrupciones, les mostraré la casa donde vivió Franz Kafka...

El griego tomó el dinero y se alejó de ellos, feliz por haber ganado unos billetes haciendo muy poco.

—¿Por qué no has hecho tú misma la pregunta? —dijo Bastien a Ana—. Nadie hubiera notado que no pertenecíamos al grupo.

—Solo quería probar una cosa... Experimentar una cierta emoción que no comprendía...

Sin descansar, los dos se encaminaron hacia el Monasterio de Strahov. Ana no le contó a Bastien que la única razón por la que le había dado el dinero al griego era para comprobar cómo se sentía al actuar igual que Aleksi cuando movía los hilos de una de sus marionetas.

No existe nada mejor para entender la mente de otra persona que hacer lo mismo que ella. Con esa simple acción, Ana comprendió que para Aleksi Sibelius los turistas eran peones dispuestos a ser sacrificados a cambio de un beneficio mayor. Y eso hacía que dividiera el mundo en dos tipos de personas: los que mandaban y los que obedecían, donde estos últimos ignoraban qué razones había detrás del dinero que recibían.

Ana pensó que manipular era adictivo.

Entraron en el Monasterio de Strahov, situado en el lado derecho del río, y se dirigieron directamente al gabinete de curiosidades que había en su interior. Caminando por sus pasillos se lamentaron de recorrerlo de forma tan rápida, como si despreciaran el arte que había en aquel lugar. Sobre todo lo sintieron al pasar por delante de la biblioteca del monasterio y ver, junto a los miles de volúmenes que la componían, la belleza de las estanterías y los impresionantes frescos que adornaban sus techos.

—Espero que no haya nada sobre Volterra en esos libros —murmuró Ana—. No me lo perdonaría nunca.

Bastien resoplaba por la caminata que se habían dado hasta llegar allí.

—Cuando me jubile me iré a vivir a un monasterio como este. ¡Lo juro!

Al llegar al gabinete de curiosidades, les sorprendió su pequeño tamaño. Esperaban encontrar una sala enorme repleta de antigüedades y extrañas cosas procedentes de todas las época y lugares, pero solo había un puñado de pequeñas vitrinas. Una estaba llena de animales marinos disecados, recogidos en su día por la dificultad de ver esas especies al natural, pero que ahora carecían de novedad. Vieron otros objetos más curiosos, como piezas de fruta talladas en cera, que simulaban tan bien la realidad que parecían recién arrancadas de un árbol. También se toparon con el cuerpo momificado de un dodo, un pájaro extinguido en el siglo XVIII, pero cuyo aspecto actual se asemejaba más a un trozo de mojama gigante que a otra cosa.

A pesar de la decadencia que encontraron, Ana y Bastien pensaron que era el lugar perfecto para que apareciera algo relacionado con los anteojos de Giordano da Volterra. Aquel invento era algo que podía pasar tan desapercibido como todo lo que veían, y por eso recorrieron con detenimiento cada vitrina, evitando que se les pasara alguna pista. La gente que compartía espacio junto a ellos miraba la sala con curiosidad, pero a los pocos minutos, y tras la ráfaga de fotos de rigor, se dirigían hacia otras zonas más interesantes.

Ana y Bastien compartían sus opiniones sobre cada cosa que veían. Pero cada vez tenían más claro que allí tampoco encontrarían nada. Una voz a sus espaldas cortó de golpe su conversación.

—Con la intensidad con la que miran esos objetos me recuerdan a alguien.

Ana y Bastien se giraron sobresaltados.

Una chica se había colocado tras ellos y soltó una risita al ver que los había asustado.

—¡Lo siento! —se disculpó—. Pero es que estaban los dos tan graciosos con las narices apretadas contra el cristal.

—¿Quién eres? —preguntó Ana. Pero le bastó echar un vistazo a la identificación que colgaba de la ropa de la chica para saber que se trataba de otra guía. Era solo dos o tres años mayor que ella y vestía un uniforme. Tenía una melena de color castaño, pero de un extremo de la misma sobresalía una fina trenza rosa. Ana también se fijó en el tatuaje dibujado en su muñeca derecha, y del par de pendientes de aro pequeño que colgaban de su oreja izquierda, parecidos a los que ella llevaba. Cuando hablaba, su español no tenía nada de académico, sino que se notaba aprendido, más que en una escuela, entre días de playa, noches de juerga y jarras de sangría.

—Me llamo Adriana, checa de nacimiento, pero española de corazón y estómago; además de guía del Monasterio de Strahov en su hora libre. —La chica suspiró aliviada—. ¡Qué alegría poder expresarme en español como a mí me gusta, y no con las aburridas frases que debo repetir todos los días en este trabajo! Ha sido oírles y tener la necesidad de decirles algo. ¿Son padre e hija?

Ana y Bastien se ruborizaron ante la pregunta.

—Sí, lo somos —afirmó Ana tras una breve duda, inventándose una excusa—. Este viaje a Praga ha sido su regalo suyo por las increíbles notas que he sacado este año, ¿verdad, papá?

Bastien pronunció un incómodo «hum» a modo de confirmación, y tras echar una reprobatoria mirada a Ana, desvió la atención a lo que verdaderamente importaba.

—¿Por qué nos has dicho que al vernos te hemos recordado a alguien?

Adriana les habló como si los conociera de toda la vida.

—Es que miraban los objetos igual... igual que... —dijo, deteniéndose para aclarar sus ideas—. Se trata de una historia que me gusta contar, pero son pocas las ocasiones en que puedo hacerlo. —Adivinó en la cara de Ana su temor a que fuera a contarles otra de las innumerables leyendas de la ciudad, y añadió—: Y no, no es ninguna historia de origen dudoso. Es sobre una persona que conocí. Un hombre al que, de forma personal, siempre me ha gustado llamar El Caminante de Praga.

Aunque interesados, Ana y Bastien no sabían si lo que Adriana iba a contarles era algo importante, o solo una forma que tenía de entretenerse hasta que comenzara su siguiente turno.

—Era un hombre mayor, de esos con tantos años a

las espaldas que te entraría vértigo si empezara a enumerar fechas y lugares donde había vivido. Lo conocí la primera semana que empecé a trabajar aquí, y de inmediato me llamó la atención. No tanto por su aspecto físico —era bajito, e iba siempre ataviado con la misma chaqueta y unos zapatos con las suelas muy desgastadas, sino por sus extrañas costumbres, de las que solo yo parecía percatarme. Os contaré la principal: cada mañana pagaba el precio de la entrada al monasterio y lo recorría hasta llegar a esta sala. Después colocaba las manos detrás la espalda y miraba con atención los objetos expuestos. Pasaba así sobre una hora, a veces incluso más, y luego, despegando otra vez sus manos, se marchaba sin decir palabra. Así todos los días.

—¿Ese hombre se fijaba en algo en particular? —dijo Ana sin dejar pasar la oportunidad de preguntar sobre lo que le interesaba.

—En ninguno —respondió Adriana, sintiéndose halagada por haber despertado la curiosidad en aquellos visitantes—. Los miraba a todos por igual. Pasé meses viéndolo hacer lo mismo, sin atreverme a dirigirme a él y preguntarle sobre la causa de su comportamiento. Un día, cuando no me pude contener más, lo hice, y con toda la delicadeza del mundo, acompañado de la sensación de que aquel hombre iba a esfumarse si mi cuestión era considerada grosera o impertinente, le pregunté qué razón le llevaba a venir todos los días hasta el monasterio. El hombre, aunque estoy segura de que me escuchó, no hizo ningún comentario. Siguió mirando los objetos como si solo él estuviera en la sala, y después se fue. Como siempre.

—¿No se te ocurrió seguirlo? —preguntó Bastien.

—Claro, lo hice al día siguiente. Esperé hasta que se fuera, y mintiendo a mis compañeros diciéndoles que me encontraba enferma, fui tras él para saber qué hacía después de salir del monasterio. El resultado me dejó aún más atónita de lo que ya estaba. lo llamo El Caminante de Praga porque eso es lo único que hacía a lo largo del día. Aquel hombre salía de Strahov y se dirigía al cementerio judío. Allí hacía lo mismo. Miraba cada tumba con suma atención. Y después se marchaba a otro lugar. Como si fuera una especie de peregrinación que tenía que hacer cada día. Pero me fue imposible saber qué sentido tenía ese camino... Principalmente, porque no pude volver a escaparme del trabajo para seguirlo, y porque un par de meses más tarde dejó de aparecer por el monasterio. Y al veros ha sido cuando he vuelto a pensar en él.

Tal vez era casualidad, pero lo cierto es que varios de los lugares por los que había caminado ese Caminante de Praga eran los mismos por los que querían pasar ellos. Ana y Bastien se dejaron arrastrar por la posibilidad de que esa persona conociera algo de lo que investigaban.

Tras unos minutos de charla, se despidieron de Adriana agradeciéndole su historia, aunque sin desvelar sus intenciones. Y la guía los vio alejarse y pensó que tal vez aquellos dos realmente no eran padre e hija, y que su conexión con El Caminante era más fuerte de lo que había pensado. Aún así, les deseó la mejor de las suertes.

Fuera del monasterio Ana llamó a Erika, que junto a Martín llevaba toda la mañana pateándose las calles de

Praga. Tenía que contarle lo que habían averiguado, por pequeño que hubiera sido el indicio.

Su amiga descolgó.

—¿Erika? Tengo algo importante que deciros. Ahora mismo, mientras visitábamos un monasterio, hemos hablado con una guía y nos ha contado que...

Pero no Erika quien la escuchaba, sino Martín, cuya sonrisa Ana escuchó al otro lado de la línea.

—Tranquila, aventurera —la cortó Martín—. Ya nos explicarás más tarde tus avances. Porque en estos momentos no hay nada más importante que lo que hemos descubierto *nosotros*. ¿Preparada para caerte de culo?

CAPÍTULO 12

Tres horas antes, Martín y Erika habían cumplido su tercera hora en el Barrio Judío cuando se dijeron que ya era suficiente. Con agujetas en sus piernas y en sus ánimos, se derrumbaron sobre un banco situado cerca del cementerio: el único lugar de todos los que habían visitado en el que habían palpado el ambiente misterioso y esotérico que supusieron correspondía a la búsqueda de unos anteojos de origen medieval.

Habían visitado sus centenarias tumbas, que se elevaban sobre el terreno como casas torcidas, revisándolas una por una por si aparecía el nombre de algún judío relacionado con Giordano da Volterra. Alguien que, hace muchos años, hubiera dedicado su vida a desentrañar su secreto, como estaban haciendo ellos ahora, y que a su muerte hubiera dejado una pista en su lápida. Pero eran conscientes de que aquello era pura fantasía, donde la única tumba que habían encontrado que se salía de lo normal fue la del Rabbi Judah Lowe, el creador del gólem, en la cual la gente dejaba piedras para presentar sus respetos o le escribía mensajes pidiéndole algún favor. Ante la incrédula mirada de Martín, Erika escribió uno y lo colocó debajo de una guijarro antes de salir.

En el banco, a Erika no le quedaban fuerzas ni para encender un cigarrillo, mientras Martín miraba a la gente pasar, pronunciando una frase que no había dejado de repetirle a Erika desde que salieron de la tienda de Cenek.

—Estamos buscando en el lugar equivocado.

Como un resorte, Erika se giró hacía él y le respondió algo que se había guardado durante mucho tiempo.

—No. Eres tú quien está en el sitio equivocado. Tendrías que haberte quedado dando vueltas en la biblioteca de la Universidad de Alicante, de la que todavía no sé por qué saliste.

Martín no movió ni un músculo, pero a Erika le dio la sensación de que por dentro se estaba partiendo de risa.

—¿Tienes que ser siempre tan opaco? —le recriminó—. ¿Cuántas horas más tenemos que pasar juntos para que se te suelte del todo la lengua? No sé qué ha visto Ana en ti para pensar que podrías ayudarla.

—Veo que sigues sin confiar en mí...

—¿Cómo hacerlo? Apenas hablas y actúas todavía menos, como si te esforzaras para que ningún pensamiento se te escape de la cabeza y se refleje en tu rostro.

—En cambio, contigo todo está a la vista.

—Y ¿qué tiene eso de malo? —dijo Erika a la defensiva.

—Es irritante.

—No te entiendo.

Martín miraba con intensidad la ciudad.

—¿Por qué la gente tiene tantas ganas de exhibirse? ¿Por qué ese ansia de remarcar un carácter, una personalidad, que en la mayoría de los casos resulta falsa? ¿Por qué hablar cuando lo mejor es callar? ¿Por qué actuar? Solo cuando uno se queda quieto y permanece el tiempo suficiente consigo mismo, es cuando puede ver cómo son realmente las cosas. Por eso ahora sé que esta ciudad es una de las más tramposas del mundo.

—Cada día te explicas peor, Martín.

—Praga te lleva solo a los lugares que ella quiere que veas. Te guía por sus edificios y su historia, pero en realidad te mete dentro de un laberinto al que le ha quitado la salida. Usa su extrema belleza para confundirte... ¿Por qué si no llevamos toda la mañana dando vueltas por ese cementerio, convencidos de que allí encontraríamos una respuesta? Podríamos pasarnos un mes de un lugar a otro sin encontrar nada. Praga lee el pensamiento de las personas que son como tú, que lo muestran todo, y las engaña a su gusto.

—¿Ahora la culpa es mía? —Erika finalmente había sacado un cigarro, pero ante lo que estaba escuchando lo volvió a guardar—. ¿Te das cuenta de la cantidad de gilipolleces por minuto que dices?

—Solo quiero que sepas que no pienso pasar ni un segundo más cerca de este cementerio, y que cuanto más deseemos saber sobre Volterra, más lejos estaremos de él.

Martín se levantó del banco y empezó a caminar.

—Estás para encerrarte en un manicomio, ¿sabes? —dijo Erika, levantándose—. ¡Espera!

Caminaron juntos, pero esta vez sin rumbo. No sabían nada de Ana y Bastien, que en aquellos momentos recorrían el Castillo de Praga.

—Este es el verdadero modo de avanzar —dijo Martín a Erika—. Miremos sin mirar. Escuchemos sin prestar atención. Hablemos de cosas inútiles.

Erika pensó que tantas horas rodeado de libros habían convertido el cerebro de Martín en una papelera de conocimientos inútiles que no llevaban a ningún sitio; pero lo cierto es que dejar de pensar por un momento en Volterra le dio cierto alivio, y aprovechó las palabras de Martín para llevarlas a su terreno.

—Pues ahora que ya sé la pésima opinión que tienes de mí —le dijo—. Quiero saber qué piensas de Ana.

Martín alzó una ceja.

—Qué tema más intranscendente... Me gusta.

—Pues contéstame. Es mi amiga y necesito saberlo.

—Ana es una bomba de relojería —dijo Martín sin rodeos—. Aunque ella no lo sabe, y desconoce en qué segundo estallará. Lo peor es que nosotros estaremos dispuestos a abrazarla cuando eso ocurra, y reventaremos junto a ella.

Erika guardó silencio para no interrumpir su discurso.

—No sabía nada sobre Ana Faure hasta el día que

apareció en la biblioteca; pero nada más verla sentí que era alguien que había pasado muchos años en un estado de hibernación. Siempre esperando algo que no llegaba, y que poco a poco le iba quitando las fuerzas. La muerte de su padre, por muy paradójico que suene, fue lo que la devolvió a la vida, convirtiéndola en lo que siempre había sido, pero nunca había tenido la oportunidad demostrar.

Las observaciones de Martín, que realizó sin despegar la vista del suelo, dejaron a Erika asombrada: aquel chico era una contradicción constante. Tenía respuestas para todo, pero raras veces abría la boca. Enlazaba pensamientos profundos junto a absurdas teorías sobre ciudades que engañaban. Hablaba a las claras y a la vez era imposible entenderlo del todo.

—La gran ventaja y el mayor peligro para Ana —continuó Martín— es el nuevo mundo que está creando a partir de su deseo de saber de su padre. Si no fuera por ella, ahora nosotros no estaríamos hablando. No habríamos viajado a Nyons. Ni habríamos conocido a Bastien. Y no estaríamos pisando las calles de Praga. Ana es un tornado que engulle todo lo que hay a su alrededor.

—Tú lo has dicho. Si estamos aquí es gracias a ella. Eso no tiene por qué ser negativo.

—No si atrae a personas que pueden ayudarla. Pero sí será perjudicial si arrastra a otro tipo de gente.

—¿Cómo quién?

Los labios de Martín se contrajeron hasta convertirse en un pequeño punto arrugado. Su silencio fue para Erika tan bueno como la mejor de las respuestas.

—¿Te refieres a Aleksi Sibelius?

—Sí —asintió Martín, arisco—.

—Pero no sabemos nada de él. Solo que busca los anteojos y poco más.

—Eso da igual. Lo importante es la influencia que pueda tener en Ana, y el modo en el que eso afecte a nuestra relación con ella.

Erika escuchó a Martín con atención, hasta que una gran y traviesa sonrisa asomó a sus labios.

—¿Influenciar a Ana? ¿Que afecte a nuestra relación? Martín, vamos, déjate de frases enrevesadas y confiesa la verdad.

—¿El qué tengo que confesar?

—Que te has dado cuenta de que... La aparición de Aleksi... Tus sentimientos por Ana... Vamos, no lo pongas más difícil.

Los dos se detuvieron frente a un muro lleno de grafitis.

—Explícate mejor tú —dijo Martín—, si quieres que también lo haga yo.

—Que tienes celos de Aleksi porque Ana te gusta. ¿Te lo digo más claro?

Los ojos de Martín ascendieron despacio hasta Erika. Se fijó con atención en ella, viéndola por primera vez como algo más que alguien fastidioso que tenía que soportar. Se fijó en su pelo corto y rubio y en sus labios rojos. Y las palabras le salieron igual que una confesión:

—¿Crees que tengo miedo de decírtelo? Todo lo contrario. Quiero expresarlo: me gusta muchísimo Ana, y es la principal razón por la que yo también he empezado a ser lo que soy. Gracias a ella salí de la biblioteca, un refugio que siempre creí inexpugnable. Su curiosidad mató mi pasividad. —Desvió la vista golpeado por un repentino sonrojo—. Y no quiero que cuando estoy empezando a conocerla de verdad, otro tipo...

Martín no terminó la frase. Su mirada quedó fija en un punto de la pared junto a la que estaban.

—Ha funcionado... —murmuró entre dientes—. Hablar de otros temas... De cosas estúpidas, inútiles y vanas... Como el amor... Hemos logrado despistar a Praga... Lo hemos conseguido...

—¿Qué dices?

Martín levantó un dedo y señaló algo detrás de Erika. Ella se giró y su vista quedó inundada por los colores de los cientos de grafitis que impregnaban aquella pared. No distinguía el que Martín le indicaba, pero miró a su alrededor, y comprobó que estaban cerca de la isla de Kampa, muy próximos a donde Ana les contó que había hablado con Aleksi Sibelius.

De todas las personas que había a su alrededor, algunas fotografiaban el muro. Otras, con poco disimulo, y con un rotulador o espray en la mano, decoraban el lugar con su propia creación. Había un grupo que portaba guitarras y tarareaba canciones, como si aquel punto fuera un sitio de encuentro del que hasta ahora no se habían percatado. En el centro del muro estaba dibujado el rostro de alguien que nunca hubieran esperado encontrar en Praga.

—¿John Lennon? —dijo Erika, extrañada—. ¿Esto es un lugar dedicado a John Lennon?

Martín no podía creer que Erika se hubiera fijado justo en el punto más insignificante del mural.

—¡Que le den a John Lennon! ¡Mira ahí, en esa

esquina!

Las pinturas llenaban cada centímetro cuadrado y estaba claro que habían sido realizadas a lo largo de los años. Cada grafiti cubría uno anterior, que a vez ocultaba otro, y así sucesivamente. Una pared en constante cambio, donde lo único inmutable era la figura de Lennon y algunos símbolos de la paz dibujados junto a deseos, dedicatorias y pedazos de la letra de *Imagine*. Entre todos ellos, escritas en un rojo intenso y con los bordes remarcados en negro, unas palabras rezaban:

«VOLTERRA ŽIJE!»

Lo primero que Martín y Erika pensaron es que si aquel dibujo estaba allí, significaba que podía haber más. Después se preguntaron quién lo había hecho, y si el significado de la frase era el correcto.

—¿Este Volterra... es nuestro Volterra? —preguntó Erika, mientras tocaba con sus dedos la pintada—.

Martín sacó su móvil y en pocos segundos dio con la traducción de la palabra checa que acompañaba al nombre.

—Dice «Volterra vive».

El descubrimiento era tan claro que asustaba.

—Y ¿qué hacemos ahora?

Convencido de que su estrategia había sido un éxito, Martín estaba dispuesto a seguirla hasta sus últimas consecuencias.

—Cuanto menos busquemos, más encontraremos. Este es el camino que debemos seguir.

—¿Estás en tus cabales? No podemos estar todo el

día dando vueltas porque sí. Que hayas tenido un golpe de suerte no significa que vayas a tener otro.

—¿Suerte? Ya veo que no has entendido nada de lo que te he explicado.

—Ni una palabra. Y ahora ya no sé si lo que me has dicho sobre Ana es cierto, o solo ha sido una forma de perder el tiempo.

Sonó el teléfono de Erika. Era Ana. El estómago le dio un vuelco al pensar que podría haberle ocurrido algo a ella o a Bastien. Martín, invadido por el entusiasmo, le arrebató el teléfono y contestó él.

Ana pensó que era Erika, y con voz agitada empezó a explicarles su encuentro con la guía en el Castillo de Praga.

— Tranquila, aventurera. Ya nos explicarás más tarde tus avances. Porque en estos momentos no hay nada más importante que lo que hemos descubierto *nosotros*. ¿Preparada para caerte de culo?

Antes de que Ana contestase, le contó todo lo referente al grafiti y al «Volterra vive». Lo habían encontrado en un muro homenaje a John Lennon, cerca de la isla de Kampa. Y ahora, siguiendo un sistema de invención propia, decidirían cuál sería su siguiente paso.

—Nada de eso —gritó Erika al auricular, queriendo hacer a un lado a Martín—. Vamos a ir en busca de quién hizo la pintada.

Peleándose por el teléfono, escucharon a Ana decir que era fabuloso lo que habían descubierto, pero que se encontraba más confundida que nunca.

—¿Qué habéis encontrado vosotros? —preguntó Erika.

Resumiendo sus largas horas de camino y pasos en falso, les explicó que en el gabinete de curiosidades del Monasterio de Strahov supieron de la historia de un hombre llamado El Caminante de Praga, que por su extraño comportamiento les pareció que podía tener alguna relación, si bien no con Volterra, sí con los anteojos.

—Un indicio un poco cogido por los pelos, ¿no te parece? —puntualizó con sorna Martín.

Ana reconoció que comparada con la de ellos, su pista no parecía gran cosa, pero podría serles útil. Tal vez existía un nexo entre las dos historia. La cuestión era averiguar cuál.

Erika dio un tirón y recuperó su móvil.

—Lo tendremos en cuenta —se despidió—. Tened cuidado. ¡Besos!

Colgó y miró a Martín.

—Ya sé cómo averiguar quién hizo el grafiti.

—No es eso lo que debemos hacer. Te he demostrado que buscar directamente no lleva a nada en esta ciudad.

—Calla, pesado, y espérame aquí.

Martín vio cómo Erika se separaba de él y caminaba hacia la gente que hacía fotos o pintaba en el muro. Se acercó a una pareja asiática, que con rotulador habían escrito allí sus nombres y la fecha. Los convenció para que se lo prestaran. Señaló a Martín. Los asiáticos, entre sonrisas cómplices, dedujeron que se trataba de otra pareja, y decidieron regalárselo. Erika volvió hasta Martín moviendo con alegría su flequillo.

—¿Qué les has contado? —preguntó Martín,

mosqueado.

—Nada... Ya tenemos lo que necesitamos. Ahora solo hay que esperar a que esto se calme un poco.

La zona, aunque visitada, no era de las más concurridas de Praga, y no transcurrieron más de diez minutos cuando la calle, salvo por su presencia, quedó desierta.

Erika se agachó junto al grafiti, tomó el rotulador, y comprobando de nuevo que no había nadie, empezó a cubrir de negro la V de Volterra.

—Pero... —dijo incrédulo Martín, mientras Erika, sin detenerse, manchó también las otras letras, logrando hacer desaparecer la mitad del nombre.

—Cuando Ana nos ha hablado de ese caminante —le dijo Erika—, he pensado que un grafitero no deja de ser también alguien que recorre sin descanso la ciudad. Siempre buscando nuevos lugares donde estampar su firma. Y también que lo que más cabrea a un grafitero es que alguien joda una de sus obras.

Sin dejar ningún hueco sin tapar, transformó el nombre de Volterra y la palabra en checo que lo acompañaba, en una gran mancha de color negro. El enfado de Martín era visible.

—Perfecto. Tu gran idea para conseguir información consiste en provocar a un grafitero. A un delincuente...

—¿No te parece genial?

Tras su acción decidieron pasar unas horas en la isla de Kampa, en uno de los muchos restaurantes con vistas al río. El menú resultó ser más caro de lo que esperaban, pero Erika, con tal de disfrutar de unos instantes de tranquilidad y de no escuchar las quejas de Martín, pagó la cuenta.

—En realidad es dinero de mis padres —dijo, guardándose la tarjeta de crédito—. Así cuando vean el extracto se acordarán de que tienen una hija.

Un barco cruzó lentamente a su lado y Erika vio un buen momento para hacerle a Martín una pregunta que le había rondado desde que viajaron a Nyons.

—¿Y tus padres? ¿Saben que estás aquí?

Martín degustó el último pedazo de su postre.

—¿Quieres decir si están muertos, como el padre de Ana? ¿O son abominables, como el padre de Aleksi? ¿O me ignoran, como los tuyos?

—Solo es una pregunta. No hace falta que te pongas grosero.

—No es mi intención, pero... Vaya grupo con problemas paternos os habéis reunido, ¿verdad? —Se limpió los labios con una servilleta—. Y la cosa no deja de tener su gracia, porque yo también me incluyo: no sé quiénes son mis padres. Nunca he llegado a conocerlos.

—¡Joder! ¡Somos un caso! —exclamó Erika, avergonzándose enseguida por el exabrupto—.

—Es la verdad. Aunque en mi caso no sé si quejarme. Haber pasado toda mi infancia de internado en internado, sin que ninguna familia quisiera acogerme, tuvo sus ventajas. Me ahorré un montón de decepciones respecto a mis padres, tanto de adopción como biológicos.

—Todo muy Dickens —contestó Erika, buscando quitarle dramatismo a la situación.

En el fondo, pensó, era comprensible que con aquella vida Martín hubiera encontrado un oasis en el interior de la biblioteca, rodeado de libros dispuestos tanto a escucharle como para llenar los vacíos que una vida sin progenitores, por muy insoportables que a veces fueran, proporcionaba.

Martín contempló las aguas azul claro del Moldava y por un momento la ciudad le pareció más amable.

—Seguro que Giordano da Volterra también estaba traumatizado por algún padre déspota o despreocupado y nos ha reunido a todos los que somos como él para que encontremos sus lentes.

—¿Crees que ya habrá corrido la voz de que el grafiti de Volterra ha sido saboteado? —preguntó Erika.

—Solo hay una forma de saberlo.

Con paso tranquilo, ambos regresaron hasta el muro de John Lennon, pero al verlo comprendieron que tal vez no habían dejado pasar el tiempo suficiente. El grafiti borrado estaba tal y como lo habían dejado, y no se veía a nadie por los alrededores. Desilusionados, retrocedieron sabiendo que tenían tiempo hasta las ocho de la tarde, momento en que comenzaría a anochecer y volverían a la tienda de Cenek para evitar un inesperado encuentro con aquel monstruo que parecía salido de una pesadilla, y que ni la luz del sol conseguía que olvidaran. Cavilando sobre aquella amenaza, los dos dieron un respingo cuando desde un callejón situado a sus espaldas escucharon un ruido de pasos.

—¿Es el hombre de humo? —preguntó Erika, temerosa.

Martín negó.

—Estos seres son de carne y hueso.

Se alejaron con rapidez del lugar del sonido, cuando frente a ellos aparecieron las figuras de cuatro personas. De una bocacalle a la izquierda surgieron otros dos, y al hacer amago de recular, comprobaron que desde el callejón salían dos hombres más.

Ocho personas los rodearon.

—Al final te has salido con la tuya —dijo Martín—. Por tu culpa has traído hasta nosotros a lo peor de Praga.

Erika examinó el aspecto de aquellas personas: todos eran enormes, con el pelo rapado, vestidos con ropa deportiva de colores estrafalarios y camisetas sin mangas que dejaban ver unos brazos de músculos hinchados llenos de tatuajes. Más parecidos a una banda de asaltantes de casas que de grafiteros, el pánico hizo que su respiración se detuviera.

El más alto del grupo avanzó hacia ellos con cara de pocos amigos, pronunciando unas frases en checo que no entendían. Ante su falta de respuesta, el tipo habló más fuerte y fue directo hacia Martín.

—Lo siento, no te entiendo.

Pero su siguiente gesto sí que lo entendió. Un puño apareció frente a él y chocó contra su rostro, tirándolo al suelo.

—¡Martín! —gritó Erika, y se agachó junto a él cuando el checo estaba a punto de propinarle una patada—. ¡Para! ¡No le hagas daño!

La nariz de Martín estaba rota y la sangre chorreaba sobre el asfalto. Intentó ponerse en pie, pero el dolor y un terrible mareo se lo impidieron.

—¿Por qué me pegas a mí? —dijo taponándose las fosas nasales con los dedos—. La idea de borrar la pintada de Volterra fue de ella.

—Volterra... —repitió el checo fijando la vista en Martín, junto con otro puñado de frases que le fueron imposibles de comprender.

El círculo se cerró aún más alrededor de ellos.

Erika, aún sabiendo que el ser mujer no la libraría de un puñetazo, se encaró con el hombre que había pegado a Martín.

—¡Sí, Volterra! ¡A él es a quien buscamos! ¿Sois vosotros quienes habéis hecho el grafiti? ¿Es la firma que dejáis? ¿El nombre de vuestra banda?

El checo hizo un gesto de no entender. Pero al menos estaba escuchando.

—Giordano da Volterra —continuó Erika, hablándole más despacio—. ¿Conoces quién era Volterra? Fue un... un inventor... y... creó unos anteojos hace mucho tiempo... Dios, por la cara de imbécil que pones no estás captando una mierda de lo que te estoy contando.

Tras un largo minuto de espera, en el que no paró de rascarse la cabeza, el hombre dijo:

—¿Anteojos?

—Sí. Gafas, lentes. ¿Sabes algo de ellas?

Otra pausa, en la que el agresor de Martín se miró el puño manchado con su sangre. Luego miró a sus compañeros y dijo una palabra que Erika y Martín tuvieron la esperanza de que significara: «Esperad». El checo sacó un teléfono móvil, que comparado con el tamaño de su mano parecía de juguete, y habló con alguien al que pareció explicar la situación. Escuchó con suma atención lo que la otra persona le decía, asintió varias veces y luego colgó.

Erika ayudó a levantarse a Martín, que no dejaba de sangrar y había teñido su ropa de color escarlata. Los dos miraron asustados al matón. Por un momento, pensaron que los iban a ajusticiar allí mismo.

El hombre abrió la boca y mostró unos dientes de oro que brillaron al sol.

—Mañana —dijo con un fuerte acento—. 10 a.m. Těšnov. ¿Ok?

—¿Cómo? —dijo Erika, temblando.

El checo gruñó por tener que repetírselo.

—No, no hace falta —le cortó Martín—. Te hemos entendido.

Quedaron todos quietos en su sitio, como si no supieran qué hacer a continuación, cuando el hombre hizo un gesto con el pulgar de su enorme mano y los siete esbirros que lo acompañaban se separaron y cada uno tomó un camino distinto. Luego el jefe soltó un bufido y también desapareció.

Erika y Martín quedaron solos en la calle, con una mezcla de incredulidad y gratitud ante el hecho de seguir vivos. Y fue tal la calma que los envolvió cuando salieron de allí y se dirigieron hacia donde estaba Ana, que incluso con la sangre todavía brotando de la nariz de Martín, se miraron para convencerse de que lo que había sucedido había sido real.

CAPÍTULO 13

La cita entrañaba claros riesgos, no estaban preparados, y no tenían ni idea de a quién encontrarían, pero no dudaron ni un segundo en que debían intentarlo.

Como un pequeño ejército, Ana, Bastien, Erika, Martín y Cenek llegaron a la zona de Těšnov un minuto antes de que las campanas de las iglesias de Praga marcasen las diez de la mañana. El cielo estaba nublado, y aunque no tenía pinta de que fuera a llover de nuevo, los colores de la ciudad se habían tornado más apagados, como si todo estuviera dentro de un paréntesis que estaba a punto de abrirse.

Durante el día anterior, buscaron toda la información posible sobre aquel lugar, y qué significaba para el mundo del grafiti y los artistas callejeros. Alejado de los circuitos turísticos, Těšnov era un territorio donde las calles adoquinadas y los monumentos solemnes pasaban a un segundo plano en favor del asfalto, el cemento y las vías de tren. Utilizado por vez primera a finales de los años ochenta, durante la revolución, Těšnov y sus muros eran ahora el único lugar de Praga donde el grafiti era legal. A su llamada acudían tanto artistas que buscaban hacerse una nombre como otros más consagrados, que viajaban hasta allí solo para dejar su firma. Aunque de acceso fácil y poco riesgo —características que muchos grafiteros consideraban la antítesis de su arte—, los cientos de metros disponibles para plasmar sus obras hacían de aquel sitio un manjar difícil de rechazar.

Varias personas, en solitario o en grupos, trabajaban a esa hora pintando sobre los muros.

A Ana le costaba creer cómo, en tan solo unos pocos días de estancia en Praga, habían cambiado tanto las cosas. De pensar que los anteojos se hallaban en un lugar imposible de encontrar, a comprender que desde su creación las gafas no habían dejado de saltar de una época a época, y que era lógico pensar que en su última y más reciente parada hubieran decidido formar parte del más moderno siglo XXI.

—¿Veis a alguno de los tipos con los que os topasteis? —preguntó Ana.

A Erika le temblaban las piernas mientras analizaba cada rostro con el que se cruzaba.

—De momento no.

La nariz hinchada y vendada de Martín se movió a izquierda y derecha. Tampoco reconocía a nadie.

—Los que veo son unos enclenques comparados con los que nos atacaron ayer. Más que grafiteros, parecían los guardaespaldas de alguien.

—No puedo dejar de sentirme culpable por lo que te hicieron —le dijo Ana, acariciando los bordes de su herida—. Fue un error el buscar en grupos. A partir de ahora todo lo haremos juntos, ¿entendido?

El tacto de la mano de Ana cerca de su nariz le hizo sentir una punzada de dolor, pero era de ese tipo de dolor tan dulce y agradable que podría aguantarlo eternamente.

—Si quieres que te perdone —le contestó, sonrojado—. Danos un diez por ciento de la Casa Faure a Erika y a mí y estamos en paz.

—Eso está hecho.

Cenek refunfuñaba con cada frase que oía.

—Aún no entiendo cómo me he dejado arrastrar hasta aquí. Ni para qué. Estamos haciendo el ridículo caminando unos al lado de los otros. Así lo único que dejamos claro es que estamos muertos de miedo.

—No empieces, amigo —lo interrumpió Bastien con un codazo—. Te necesitamos porque eres el único traductor del que disponemos. Esos hombres hablan checo y no queremos que hayan más malentendidos con ellos.

—Ilusos... ¿Qué más da con quién habléis? Esas gafas están destinadas a perderse. A no tener dueño. Y llevarán a la muerte a los que sean tan estúpidos como para querer apropiarse de ellas. ¡Y yo me alegraré de que ocurra!

Ignorando las palabras del anticuario, avanzaron sin pasar por alto ninguna de las pinturas que veían. Cruzaron por debajo de un puente garabateado hasta el último rincón y llegaron a una pequeña explanada rodeada por unos elevados muros. A unos veinte metros de distancia, advirtieron a dos personas dando forma a una pintada, cuyas formas hicieron que se detuvieran de golpe.

Sobre un fondo negro, unas letras azules y de gran tamaño emergían de la pared, rodeadas por relámpagos y chispazos de color rojizo. Cada letra se retorcía sobre sí misma hasta hacerse irreconocible, pero para unos ojos entrenados en la búsqueda de una sola palabra, su significado no podía estar más claro.

Volterra Žije!

—¿Estas son las personas que buscamos?

Ante sus palabras, el siseo del espray que coloreaba la pared cesó y los dos grafiteros se giraron hacia ellos. La sorpresa al verse fue mutua.

Eran un chico y una chica.

Él no tenía más de dieciséis años, y ella no parecía haber cumplido ni los quince. Los dos ataviados con chándales y zapatillas, y con salpicaduras de pintura en el rostro y en el pelo. El chico era espigado y moreno, con una cara estrecha y la nariz y las orejas grandes, como si su cuerpo todavía no hubiera encontrado las proporciones adecuadas, y con unos ojos negros que miraban fríos. A la chica también le faltaban varios años para ser una mujer. Aros y pulseras adornaban su cuerpo. Tenía el pelo rubio y rizado y un lazo azul colocado en el lado izquierdo, en un guiño infantil. Sobre un hombro llevaba colgada una mochila llena de botes de espray, y en sus ojos azules se reflejaba que era la novia del chico. Estaba enamorada de él hasta las trancas.

Los dos críos los miraron como si los verdaderamente extraños fueran Ana y los demás.

—Cenek, te necesitamos —dijo Ana.

El anticuario carraspeó y se contuvo para no echarse a reír ante aquella situación.

—¿Qué quieres que les pregunte? ¿A qué hora los recogen sus padres?

—Comienza por preguntarles sus nombres.

Sin dejar de ver lo descabellado de todo aquello, Cenek aceptó y tradujo la pregunta de Ana.

—Yo soy Lev —respondió el chico—. Y ella es Johana.

—Yo me llamo Ana, y estos son mis amigos.

Lev se los quedó mirando unos segundos, sobre todo a Martín.

—Siento lo de... —dijo, señalando su nariz—. Pero son las reglas. Que pinten encima de tu grafiti se considera una provocación. Aún más en el caso del que borrasteis.

—Pero ¿desde cuándo un mocoso como tú tiene a su cargo a una banda de matones? —dijo Martín con los ojos lagrimeándole a causa del dolor.

Cenek tradujo todo menos lo de «mocoso».

—Por seguridad —respondió Lev—. Siempre hay manos ajenas dispuestas a hacerse con lo que no es suyo; como las vuestras.

—Será estúpido... —contestó Martín, ofendido.

Ana alzó la voz por encima de la de su amigo.

—No somos ladrones, Lev. Solo buscamos algo que estamos convencidos de que puede hacer el bien. Algo que creó hace mucho tiempo la persona cuyo nombre escribes en las paredes de Praga.

—Volterra... —dijo Lev con orgullo—. Giordano...

Como si aquel nombre activara en ella un sistema

de defensa, Johana dio un paso al frente, lista para defender a su chico.

—Es fascinante cómo un personaje tan desconocido es capaz de unir a personas de distintas partes del mundo —les dijo Ana con el máximo cuidado—. Nosotros venimos desde España siguiéndole la pista.

—España... —repitió Lev con sorpresa y se giró hacia su novia—. Donde siempre hemos querido ir a pintar vagones de metro.

Johana asintió sin apartar la vista de Ana.

—Y ¿cómo ha llegado el nombre de Volterra hasta allí? —preguntó Lev.

—Te lo diré... Si tú también me dices cómo has llegado a conocerlo tan bien.

El eco de sus voces rebotaba en los muros. Algo más tranquilo, Lev movió una mano y les invitó a acercarse.

Ana y los demás aceptaron y caminaron en su dirección. Hasta que Johana se colocó entre Lev y ellos y dijo:

—Hasta ahí.

Ahora solo los separaban tres metros.

—Conozco a Giordano da Volterra gracias a mi padre —contó Ana—. Tiene, o tenía, una tienda de antigüedades en Nyons, y los últimos meses de vida los dedicó a buscar un objeto creado por él. Pero alguien, que no solo quería su muerte, sino la de otros muchos anticuarios, acabó con su vida. Desde entonces, busco el invento de Volterra, porque creo que puede darme la identidad del asesino, y así hacer que pague por su acción... La tienda de mi padre se llama Casa Faure, y aquí en Praga hemos sido acogidos en la Casa Smetana, propiedad de Cenek. ¿Las conoces? ¿Has oído alguna vez hablar de ellas?

El chico los miró como si le estuvieran contando historias provenientes de otro planeta.

—No conozco nada de eso.

—¿Y la Casa Sibelius? ¿Sabes quién es su dueño?

Lev y Johana negaron a la vez.

Ana se sorprendió de que los que se suponía sabían más sobre Giordano da Volterra, fueran a la vez tan ignorantes de la cantidad de personas que iban detrás de su creación. Pero estaba claro que sabían de su importancia.

—Ahora te toca a ti contarme cómo has conocido al personaje que nos une a los dos.

Un gesto de incomodidad recorrió a Lev. No tenía ningunas ganas de hablar.

Ana no le había proporcionado más información que la necesaria, guardándose algunos ases en la manga en caso de necesidad, pero no tuvo más remedio que usarlos si quería sacar algo en claro.

—No quiero asustarte —le dijo—, pero sé cómo oíste hablar un día de Giordano da Volterra, y cómo después conseguiste hacerte con su objeto más preciado: sus anteojos.

Hasta ahora ningún bando se había atrevido a pronunciar el nombre de aquel invento, como si al hacerlo se multiplicasen por mil las posibilidades de peligro. Lev abrió mucho los ojos y rodeó con su brazo a Johana, protegiéndola.

—¿Qué sabéis? —preguntó en voz alta.

No había nadie por los alrededores, pero Ana sintió como si decenas de ojos los estuvieran vigilando.

—No conozco su nombre, pero sí el apodo que le han dado algunas personas que se han cruzado con él: Lo llaman El Caminante de Praga.

Cenek tradujo de la forma más precisa posible aquel término.

Johana miró a Lev. La palabra «caminante» había activado algo en su cabeza.

—¿Cómo puede ella conocer a...? —dijo en un murmullo—. Es imposible...

Lev la calmó apretándola más fuerte con su abrazo, y después alzó el mentón hacia ellos en posición desafiante. Igual que un niño que aparenta ser un adulto.

—¡Explícate!

—Alguien a quien conoces, tal vez un familiar, quizá a tu abuelo, por ejemplo, le gusta pasear todos los días por el interior del Monasterio de Strahov. Y no solo por allí, sino también por el Antiguo Cementerio Judío y otros muchos lugares. Siempre realiza el mismo recorrido. Camina sin cesar. Y esa persona, por alguna razón, sabe quién era Volterra. Lo malo es que desde hace unos meses no se la ha vuelto a ver. Y me temo que sé la razón...

Ana hizo una pausa antes de terminar la frase.

—Ha muerto, ¿verdad?

Lev quedó sin habla, y fue Johana quien respondió por él.

—¿Cómo sabes eso? ¿No has estado espiando?

En la mirada del chico Ana descubrió que había

acertado de pleno.

La voz de Johana era muy aguda y sus frases hicieron que de la cima de los muros que los cercaban asomasen las siluetas de varias personas, que Erika y Martín reconocieron de inmediato.

—¡Son ellos! —dijo Erika—. ¡Los que nos atacaron!

A pesar de la aparición de sus guardaespaldas, la imagen de los dos chicos mostraba más inquietud que seguridad.

—No deseo asustaros —dijo Ana—. Solo quiero saber; y que comprendáis que el único motivo por el que busco esos anteojos es para asegurar el descanso del alma de mi padre y de la mía.

Ante las palabras de Ana, traducidas por Cenek, Lev miró a su novia. Ella, tras unos segundos de duda, asintió. Si a ti te parece bien contárselo, a mi también.

Ambos grupos volvieron a acercarse hasta que los límites entre uno y otro se difuminaron. Lev les invitó a sentarse en el asfalto junto a ellos, y comenzó a hablar.

—Esa persona de la que habéis oído hablar era mi bisabuelo. Se llamaba Evžen, y murió hace solo tres meses. Tenía noventa y cuatro años. Y tu sospecha es cierta: él me enseñó quién era Giordano da Volterra, porque esa había sido su obsesión a lo largo de su vida, como también su angustia, según sus propias palabras. —Los ojos de Lev brillaban—. La primera vez que me habló de él yo tenía cinco años. Cuando pronunció su nombre, se quitó las gafas que siempre llevaba puestas, y me dijo que aquellas lentes habían dado la vuelta al mundo y habían pasado de una persona a persona, hasta llegar a él. Yo lo escuchaba igual que si me contara un cuento, y recuerdo que me quedé sorprendido cuando me dijo que el primero de nuestra familia que las encontró fue un tío suyo, que se topó con ellas mientras nadaba en el río Moldava, en un caluroso mes de agosto de finales del siglo XIX.

Aquella historia, pensó Ana, enlazaba a la perfección con la que le había contado Aleksi en la isla de Kampa. Tras la muerte de su antepasado en el puente de Carlos IV, y tras varios cientos de años de pausa, el familiar de Lev encontró los anteojos en lo más profundo de aquellas aguas.

—El tío de mi bisabuelo era alguien especial —continuó Lev—. No recuerdo su nombre, pero sí sé que en su época se dedicó a ayudar en cuerpo y alma a los demás. Lo primero que pensó en ver aquellos anteojos es que le serían de ayuda a alguna persona con problemas de vista. Trabajaba como voluntario en un lugar de acogida para los más pobres de Praga, y se los regaló a un viejo que había perdido las suyas. Feliz por su acción se olvidó de ellos, hasta que solo tres días más tarde el viejo se los devolvió. «¡Qué me has dado!», le dijo. «¡Con estas gafas solo veo cosas horribles...! ¡Horribles! ¡Deshazte de ellas!». Las tiró al suelo. El tío de mi bisabuelo las recogió y, tras comprobar que no se habían roto, las llevó a su casa, pensando que aquel anciano había perdido la cabeza. Allí se las puso, y lo único que descubrió es que las gafas no estaban graduadas. Las lentes solo eran un par de cristales sin tratar. Por pura curiosidad, y como si se tratara de un juego, se las dejó puestas.

—¿Vio algo extraño con ellas? —preguntó de repente Cenek, saliéndose de su papel de traductor y atraído por aquella historia.

Lev sonrió por haber captado su atención; aunque lo que les iba a contar poco tenía nada de divertido.

—Aquel familiar murió una semana más tarde. Lo encontraron colgado de la rama de un árbol. Con los anteojos puestos.

Unas nubes grises cruzaron de forma pausada por encima de sus cabezas.

—Sus bienes fueron heredados por su hermana, ya que él no tenía descendencia. Todavía muy pequeña cuando recibió los anteojos, creció temerosa por los rumores que circulaban sobre la muerte de su hermano y guardó las lentes dentro de un baúl, olvidándose de ellas durante muchos años. Ella era la madre de mi bisabuelo. Evžen los encontró siendo ya adulto, a finales de los años treinta.

—Pero a él no le sucedió nada al ponérselos —comentó Ana.

— Evžen siempre se mantuvo precavido por lo que le sucedió a su tío, y pensó que si tenía cuidado podría averiguar más cosas. Pronto comprendió la verdadera función de los anteojos.

El corazón de Ana palpitaba desbocado en su pecho.

—¿Para qué sirven? —le preguntó.

Los pendientes y pulseras de Johana resonaron al oírla.

—¿Quieres esos anteojos y ni siquiera sabes qué hacen?

—Solo sé que mi padre los buscaba —dijo Ana, avergonzada—. Pero no sé qué se ve a través de ellos.

—En cambio, tu padre sí lo sabía —dijo Lev—. Sintió que su muerte estaba próxima, y por eso quiso averiguar el paradero de las gafas de Volterra: porque quería que su asesinato quedara registrado. Que pudiera ser visto por cualquiera.

—¿Cómo dices? —dijo Ana.

—Giordano ideó un objeto con el que pueden verse los actos violentos o traumáticos que han sucedido en un determinado lugar. Ese fue el motivo por el que el tío de mi bisabuelo se suicidó. A pesar de su carácter bondadoso y sus actos de caridad, con los que intentaba crear un mundo mejor, con los anteojos se dio cuenta de que el crimen y la violencia son los que de verdad gobiernan la sociedad. Contempló la realidad a través de ellos, y le mostraron que no había lugar en el que no se hubieran cometido asesinatos de inocentes a lo largo de la historia. Era como si el sufrimiento y la sangre derramada por las víctimas dejasen unas marcas en el tiempo, que las lentes eran capaces de reconstruir y representar tal y como ocurrió, igual que si se tratara de una película.

»Mi bisabuelo comprobó eso en primera persona cuando en la Segunda Guerra Mundial fue enviado al campo de concentración de Terezín, del que escapó de milagro. Él había ocultado los anteojos antes de ser atrapado, y al acabar la guerra regresó al campo vacío con ellos puestos. Fue como revivir todo de nuevo. Enfocó con las lentes el punto exacto donde antes habían matado a cientos de compañeros judíos y vio cómo balas de pistolas y fusiles atravesaban de nuevo sus cuerpos. Cada centímetro cuadrado era un registro de la tortura y la barbarie. Cuando regresó a su vida normal, cosa imposible después de lo que había vivido, quiso saber todo sobre quién había fabricado aquellas lentes, y entonces dio con el nombre de Volterra.

—¿Y sus paseos por Praga? ¿Y sus visitas al monasterio y el cementerio judío?

—Su cabeza durante los últimos años no funcionaba bien. Realizaba todos los días el mismo recorrido, pero a veces se le olvidaba el motivo. Visitaba el cementerio en recuerdo de sus amigos muertos; pero lo hacía más como un gesto hacia el pasado que otra cosa, ya que allí ya no se entierra a nadie desde hace siglos. Supo que en el Monasterio de Strahov estuvieron en algún momento los anteojos, y lo visitaba por si encontraba alguna pista. A veces, tomaba un autobús e iba a Terezín. Siempre igual. Hasta que una mañana dijo que se encontraba muy cansado y que daría su paseo más tarde. Ese día murió.

—Y ahora tienes tú ese objeto —dijo Ana.

Lev hizo un gesto de afirmación.

Siglos de historia, tiempo y memoria habían desembocado en aquella reunión bajo un manto de grafitis y hormigón. Lo que llevó a Ana a la conclusión de que era hora de abordar la parte más delicada del asunto.

—¿Nos dejareis utilizar esas lentes?

Los rostros de Lev y Johana se transformaron. De la calma que habían mantenido durante la explicación de la historia de los anteojos pasaron a una desconfianza repentina. Como si una cosa fueran las palabras, intangibles y de poco valor, y otra las acciones, definitivas y con consecuencias. Los chicos intercambiaron unos susurros tan débiles que ni Cenek, al que no se le escapaba ninguno de sus comentarios, pudo oírlos. El aspecto aniñado de los dos se esfumó, dejando paso a una actitud más madura que destacaba entre la ropa deportiva, el olor a pintura y el acné. Cuando terminaron sus confidencias, no fue Lev quien habló, sino Johana.

—Ese préstamo es posible —les explicó—. Os habéis mostrado a las claras, al contrario del resto de gente que al parecer va también detrás de este objeto. Pero falta saber con certeza una cosa: ¿os lo merecéis?

—Haremos todo lo que sea necesario para ganarnos vuestra confianza —dijo Ana.

—¿Cualquier cosa?

Todos mostraron con sus miradas que estaban dispuestos a llegar hasta el final. Cenek no se pronunció ni a favor ni en contra; sin embargo, le asombró la unión que tenían.

—Hay una cosa que podéis hacer por nosotros —dijo a continuación Lev, y señaló con la cabeza los grafitis que ametrallaban las paredes—. Těšnov o el muro de John Lennon en realidad no significan nada para los escritores de paredes. Los usamos para saciar nuestra sed y no meternos en líos, pero la idea de pintar en otros lugares, en sitios que no sean legales, siempre bulle en nuestras cabezas. Por eso nos preguntamos si nos ayudaríais a realizar una acción que llevamos preparando largo tiempo, y que tiene por objetivo que toda Praga, y el mundo entero, conozca a nuestro amigo Volterra.

—¿Queréis que nos pongamos a pintar paredes como adolescentes? —dijo Bastien, receloso.

—En cuanto estés corriendo con un bote de pintura en mano, vigilando para no ser descubierto, con el corazón latiéndote a mil por hora y la adrenalina a tope, comprenderás que no es un juego de niños.

Johana prosiguió la explicación.

—Queremos armar un escándalo de los gordos. Algo que haga que algunos nos odien a muerte y otros nos admiren. Queremos escribir el nombre de Volterra por toda la ciudad: en las paredes de las iglesias, en los puentes, en el Barrio Judío, en el Reloj Astronómico. Sí, es una putada, porque todos esos lugares son también nuestros favoritos, pero a veces para que te hagan caso tienes que molestar lo máximo posible.

Ana no sabía qué responder a aquello.

—Y estéis de acuerdo o no con esta acción, os aseguro que no os perjudicará —dijo Lev—. Causará tal revuelo, que confundirá a vuestros enemigos. Los anteojos están en un lugar seguro. Nadie, salvo Johana y yo, sabe dónde se encuentran... Si nos ayudáis, no solo os los prestaremos. Serán vuestros.

Johana no pudo evitar dar un grito de asombro.

—¿Piensas dárselos?

—La historia de esas lentes debe seguir su curso. Mi bisabuelo quedó demasiado prendado de ellos, y lo último que deseo es acabar como él. Entregándoselos se convertirá en su problema. Y nosotros seremos libres.

—¿Cuándo será esa acción? —preguntó Ana, comprendiendo que no tenía más opción que aceptar.

—¿Os parece bien esta misma noche? ¿De madrugada?

Ana, Martín, Erika y Bastien fueron recorridos por un mismo escalofrío, igual que si un viento helado hubiera atravesado sus ropas y tocado su piel.

—¿Tiene que ser de noche? —dudó Ana.

—Es imposible hacerlo de otra forma. ¿Qué os pasa, tenéis miedo de que os lleve el *bubak*?

—Así es como llaman al hombre del saco en la República Checa —puntualizó Cenek.

Ana miró a los chicos como si le hubieran leído la mente.

—No es al hombre del saco a quien tememos.

—Y ¿a quién, entonces? —preguntó Lev, intrigado.

Ana tuvo que tragar saliva antes de pronunciarlo.

—Al hombre de humo.

CAPÍTULO 14

Llegaron la noche, la oscuridad salpicada por un breve destello de luna, y la excitación ante lo prohibido.

Ana agitó el bote de espray y escribió una uve mayúscula sobre la primera pared que encontró en su camino. Le salió torcida, más parecida a una U deformada, que a la primera letra del nombre de Volterra.

Su primer pensamiento fue que había sido un error aceptar aquella propuesta. No solo por el hecho de estar acribillando las fachadas de edificios y monumentos, sino porque había sido la primera en incumplir las promesas que se habían hecho en la tienda de Cenek: el no salir después de la puesta de sol y el no hacerlo por separado. Ahora estaba sola, pintando igual que el resto de sus amigos, cada uno desperdigado por una zona distinta de la ciudad.

La reunión donde ultimaron los detalles había tenido lugar una hora antes —a las dos de la madrugada—, en un lugar emblemático, pero obviado en muchas guías turísticas de Praga, y que a esas horas se encontraba cerrado: Vyšehrad.

Se colaron dentro esa fortaleza, y a las puertas del cementerio nuevo, al lado de la iglesia de San Pedro y San Pablo, surgieron las figuras de Lev y Johana, seguidas por unas treinta o cuarenta personas más, todos grafiteros, vestidos de negro y con capuchas cubriendo sus cabezas, dispuestos a firmar con el nombre de Volterra toda la ciudad.

Les proporcionaron a Ana y sus compañeros vestimentas, incluido a Cenek que, tras exclamar una y mil veces que no iría con ellos, en el último segundo, y cuando ya salían por la puerta de su tienda, los detuvo, y ya fuera por miedo a quedarse solo o por otro motivo que se les escapaba, se unió a ellos.

Todos se colocaron alrededor de Lev y escucharon sus órdenes. Partiendo de Vyšehrad, cada uno iría a un punto concreto de la ciudad y se dedicaría a pintar esa zona. De este modo, formarían un círculo alrededor del centro histórico de Praga, y no quedaría ningún lugar sin cubrir. Efectivo en el caso de que la policía atrapara a alguno de ellos, ya que el resto podría acabar su trabajo.

El día anterior, Ana le explicó a Lev qué era el hombre de humo y le dijo que con toda probabilidad atacaría esa noche. Lev la creyó, pero antes de preocuparse por aquel engendro sonrió, como si esa amenaza tan solo fuera un aliciente que le daría aún más emoción a la aventura.

Antes de separarse, Lev les habló del lugar en el que estaban.

— Vyšehrad es el sitio donde la tradición sitúa el origen de Praga. Fue aquí donde la princesa Libuse, mirando en dirección al Vltava, al Moldava, pronunció sus eternas palabras: «Aquí nacerá una ciudad cuya fama y gloria llegará hasta las estrellas». Desde este mismo emplazamiento, yo os invito a repetir la historia. Logremos que esta sea la ciudad donde Giordano da Volterra resucite y su obra sea al fin reconocida.

Ana miró a sus amigos con preocupación. No deseaba que esa noche fuera la última en la que viera a alguno de ellos.

—¡En sesenta minutos nos vemos en el punto de reunión! ¡En Staré Město! —gritó Lev—. ¡Adelante!

Ana acabó su primera y desastrosa pintada, pero no le quedó tiempo para retocarla: mucha más gente de la que creía caminaba a esas horas por las calles, y cada pocos pasos se veía obligada a guardar el bote de pintura y cubrirse la cara con la capucha para no ser vista.

Las órdenes de Lev eran pintar en cualquier espacio que encontraran, ya fuera pared o suelo, edificio público o privado. Dado que Ana era inexperta en aquellas tareas, le aconsejó que no se acercara a ningún monumento clave. A eso se dedicarían Johana y él, los cuales planeaban trazar el nombre de Volterra en la mismísima Catedral de San Vito.

Lo único que Ana deseaba era que aquella hora pasara lo más rápido posible, pero sabía que no sería fácil. Cuando volvió a quedarse a solas, se acercó a otra pared y escribió de nuevo. Esta vez le salió mejor. Al menos la V inicial parecía una V. Sintió una agradable satisfacción.

Buscó las zonas menos concurridas y peor

iluminadas, pero sabía que sitios así eran los preferidos por el hombre de humo. ¿Conseguiría saber quién era? ¿Podría derrotarlo? ¿Interrogarle y saber dónde se encontraba el amenazante Seppo Sibelius, el padre de Aleksi?

Un coche de policía apareció al final de la calle donde se encontraba y sus faros la iluminaron un segundo antes de que escondiera su bote de pintura. El coche se detuvo, mientras ella quedó paralizada con la vista puesta en el nombre de Volterra, la pintura todavía resbalando húmeda por su superficie.

No podía parecer más culpable.

Un agente bajó del coche y le gritó algo. Ana no sabía checo, pero no tuvo que esforzarse demasiado para comprender lo que significaba. Se giró con rapidez y salió corriendo en dirección contraria.

Los policías la siguieron.

Empujó a todo aquel con el que se cruzó, la mayoría gente que había salido a tomar una copa en alguno de los cientos de bares y discotecas que había en Praga, y que para muchos visitantes eran el motivo principal para viajar hasta allí, antes que sus torres o su historia. Con el cuerpo camuflado por la ropa negra y la capucha echada, fue confundida con un hombre cuando corrió entre la multitud, y con el sentido de la orientación perdido por completo, se adentró en Ve Smečkách. Observó el color de los luminosos de los locales —rojo intenso, amarillo chillón, rosa claro—, y comprendió que se había metido en la calle que albergaba la mayoría de los prostíbulos de Praga.

Hombres de raza negra paraban a los transeúntes,

y con bruscos aspavientos y un mal inglés los invitaban a pasar dentro de tal o cual sitio, donde les esperaban los mayores placeres de la ciudad.

—¡Putas buenas! ¡Putas baratas! —le gritó uno de ellos a Ana—. ¡Mejores que las del distrito de Starkhell!

Ana agachó la cabeza y pasó de largo como si no hubiera oído nada, cuando a escasos metros vio a uno de los agentes. Sus miradas se cruzaron.

Corrió con todas sus fuerza para escapar de él y se metió por la primera bocacalle que encontró. Si llegaba al otro lado, pensó, tal vez tuviera una oportunidad. Sin dejar de mirar atrás siguió en línea recta, y cuando solo le quedaban unos pocos pasos para alcanzar su objetivo, una sombra apareció frente a ella.

Ana dio un grito esperando lo peor cuando la sombra, que imaginó que era la de un policía, o peor, la del hombre de humo, le hizo una seña con la mano para que se acercara hasta allí. Le era imposible retroceder y con una fe ciega fue hacia la silueta. No pudo alegrarse más al ver que era uno de los grafiteros que ayudaba a Lev. Sus figuras ataviadas de idéntica forma se cruzaron en la noche, pero mientras Ana siguió su camino, el ayudante quedó quieto y alzó por encima de su cabeza un bote de aerosol, esperando a la policía. El agente, que en medio de la oscuridad no distinguió el intercambio entre un encapuchado y otro, se lanzó sobre él, tirándolo al suelo y creyendo que había atrapado a Ana. Pero ella ya estaba lejos de allí.

Cuando llegó la hora acordada, Ana dio los toques finales al último grafiti que había hecho, el sexto y más perfecto de todos, y desde allí se dirigió al barrio de Staré Město, donde esperaba encontrarse con Lev y los demás.

—Calle Husova número 4... —dijo buscando la dirección correcta.

Mientras caminaba, encontró los resultados del paso de los demás grafiteros, donde cada uno había pintado según su propio estilo, pero todos habían escrito el mismo nombre. Toda Praga gritaba Volterra.

Dio con el lugar de reunión cerca de las cuatro de la mañana. Cada miembro que había participado en la acción se deshizo con premura de la ropa negra y los botes de pintura, y tras comprobar cuáles de sus compañeros estaban bien y cuáles habían sido detenidos por la policía, desaparecieron sin decir palabra.

Ana no estuvo tranquila hasta que, varios minutos más tarde, vio aparecer a la mayor parte de sus amigos. Bastien, Erika y Martín estaba sanos y salvos, todos con las manos manchadas y con olor a pintura. Al igual que ella, ellos también habían caído en la tentación de realizar sus propios dibujos. A las cuatro y media aparecieron Lev y Johana, eufóricos. Dijeron que había sido un trabajo perfecto, y que con la llegada del amanecer se comprobaría de verdad su éxito.

Ana volvió la vista en todas direcciones, pero no vio a Cenek. A falta de traductor, se acercó hasta Lev intentando hacerse entender.

—Hemos cumplido nuestra parte del trato. Ahora me gustaría que cumplierais la vuestra. Debéis entregarnos los anteojos.

Lev no entendió las palabras de Ana, pero

comprendió perfectamente su significado. Como única respuesta, alzó su dedo índice y señaló al cielo. «Los tienes justo encima de tu cabeza», quiso decirle.

Ana miró hacia arriba, y a unos treinta metros de altura vio una estatua con forma humana; aunque por la oscuridad que la rodeaba pensó por un momento que se trataba de una persona que se había subido hasta el tejado de aquel edificio. La escultura estaba construida en bronce, o algún material que lo imitaba, y sobre su nariz había colocadas unas gafas pequeñas, redondas y con patas de alambre iguales a las que, en un tiempo que ahora le parecía muy lejano, vio en uno de los dibujos que hizo su padre.

El título de la escultura era «El Hombre Colgado», creada por el artista David Černý en el año 1996. El mismo autor, recordó Ana, de los bebés gigantes bajo los cuales se refugió de la lluvia en la isla de Kampa. De dos metros y quince centímetros de altura, consistía en una larga viga que surgía de la planta superior del edificio donde estaba instalada y que avanzaba hasta quedar suspendida en medio de la calle. De ella se sujetaba con una sola mano un hombre, el cual tenía los rasgos de Sigmund Freud. La otra mano la tiene guardada en el bolsillo, quedando su figura flotando en el vacío, con la mirada puesta en dirección a los transeúntes que pasaban bajo sus pies; y con las gafas de Giordano da Volterra colocadas sobre las que tenía talladas, en un engaño ideado por Lev.

La oscuridad y la considerable altura hacían que Ana casi no pudiera distinguirlas. Desde la reciente muerte de Evžen, el familiar de Lev, las gafas de Volterra habían permanecido en aquel lugar, dejando un objeto tan preciado a la vista de cualquiera, a la vez que pasaba desapercibido para la mayoría.

Lev hizo crujir sus nudillos y después se frotó las manos. Iba subir a por las lentes.

Johana lo besó en los labios y le dijo que tuviera cuidado. Lev colocó un pie sobre una de las canaletas que ascendían por el edificio. Como si fuera algo que había hecho decenas de veces, ascendió pared arriba con una seguridad y velocidad asombrosas. Tenía que subir tres plantas, manteniendo un equilibrio que desde el suelo parecía imposible.

—Se va a hacer papilla... —dijo Martín.

—¡Cállate, agorero! —exclamó Erika con el corazón en un puño—.

Mientras los demás miraban hacia arriba, Bastien comprobó cómo los pocos grafiteros que quedaban por los alrededores desaparecían entre las calles igual que ratas que sienten cerca la presencia de un gato.

—Tiene que darse prisa —dijo—. La policía está cerca.

Johana le gritó a Lev que no tenían mucho tiempo.

Al llegar a la cima, a unos veinte metros del suelo, Lev alzó la vista, y desde aquella altura vio aparecer las luces de varios coches de policía. La ley se había dado cuenta de lo que estaba ocurriendo en la ciudad. El mensaje se leía por todas partes.

Lev soltó una maldición y se preparó para la parte más difícil: pasar de la canaleta al tejado, y de ahí hasta la viga, donde estaba colgada la figura. Se dijo que no podía dudar. No podía pensar en que si fallaba se convertiría en una saco de carne aplastada, mientras Sigmund Freud lo miraría desde las alturas con cara de satisfacción. Al separarse de la canaleta, caminó sobre las tejas evitando romper alguna, pero cuando llegó hasta la viga, se tumbó sobre ella y empezó a reptar hacia la escultura, supo que no le daría tiempo de bajar con los anteojos. Los agentes cada vez estaban más cerca. En voz alta le explicó a Ana lo que iba a hacer.

—¿Qué dices?... —preguntó Ana—. No te entiendo.

Miró a Johana y ella con un simple gesto le hizo comprender las intenciones de su novio: levantó una mano y luego la bajó a toda velocidad. Lev iba lanzar las gafas de Volterra al vacío, y ellos tenían que cogerlas.

—¡No! ¡Se partirán en mil pedazos!

Lev sonrió. Objetos como ese no se destruían de una forma tan sencilla. Había algo en ellos que hacía que perduraran a través de los siglos y sobrevivieran a cualquier catástrofe. Llegó hasta el cuerpo de Sigmund Freud, y desenrollando las finas patillas con las que, dándoles vueltas, las había adherido a su cabeza, las dejó caer.

Fue solo un segundo el tiempo que las lentes estuvieron en el aire, pero a Ana se le hizo eterno. Escuchaba las sirenas aproximarse, y su miopía hacía que solo viera una diminuta mancha que caía. Sus amigos también se movieron en dirección a los anteojos, y temió que acabaran chocando unos con otros sin que ninguno consiguiera tomarlos. El brillo de las farolas hizo que las lentes brillaran un instante y solo entonces pudo determinar su posición exacta. Abrió las manos y sintió cómo algo las tocaba. No fue ningún duro golpe, sino algo parecido a una pluma depositándose con delicadeza sobre su piel. Admiró la abrumadora sencillez del objeto. Quitando el añadido de las patillas, tan solo consistía en dos circunferencias fabricadas en madera, en cuyo interior se encontraban las lentes. Nada más.

Bastien tomó a Ana de un hombro y con un empujón la obligó a correr.

—¡Salgamos de aquí! —exclamó.

Ana miró hacia atrás y vio cómo todos huían salvo Johana, que se había quedado junto a la canaleta, sin separarse de su novio. Lev, subido a la estatua, los vio alejarse y los saludó elevando una mano, indicándoles que no tenían que preocuparse por ellos. Ana los perdió de vista justo cuando dos coches de policía se detuvieron y Johana levantó los brazos en señal de rendición.

¿Qué hacer ahora? ¿A dónde ir?, se preguntó Ana, cuando comprobó de nuevo que no estaban todos. Faltaba una persona. La tensión había hecho que no se hubieran fijado en si había aparecido o si, volviendo a su opinión inicial, se había apartado de ellos. Ana se detuvo. Martín, Erika y Bastien hicieron lo mismo. Cruzaron sus miradas.

¿Dónde estaba Cenek?

El dueño de la Casa Smetana salió junto con el resto de grafiteros hacia la zona de la ciudad que Lev le había encargado pintar. Vestido de negro como los demás, avanzó unos cuantos metros hasta llegar a la primera pared en la que debía escribir el nombre de

Volterra, pero cuando fue a hacer el primer movimiento, soltó un gruñido y dejó caer el espray que llevaba en la mano al suelo.

—Esto es absurdo... —dijo, volviendo sobre sus pasos.

Comprendía las intenciones de Ana, el favor que le estaba haciendo a Lev a cambio de aquel objeto raro y fascinante al que hasta a él le había llamado la atención; pero en el fondo seguía notándose fuera de la historia. Sus pensamientos continuaban siendo los mismos: las Casas ya no significaban nada, y que desaparecieran, aunque fuera a favor de alguien tan malvado como Seppo Sibelius, era de su agrado. Sentía que estaba viviendo el final de muchas cosas, y no solo de las Casas de antigüedades, sino de toda Europa. Veía el continente como algo viejo y pasado de moda, arcaico y agonizante, que nada tenía que ver con el joven esplendor de lugares como Asia, que en unas pocas décadas se convertirían en los carros que tirarían del mundo. Europa quedaría como un vestigio de tiempos pasados, en un mero entretenimiento turístico, tal y como ahora eran considerados los momentos de mayor gloria del Imperio Romano o de la antigua Grecia.

Aún pensando que eso era inevitable, sin embargo, se dijo que quizá podría hacer algo para ayudar a Ana. La vida no tenía ningún sentido para él desde hacía mucho tiempo, pero tampoco quería arrebatar la esperanza a alguien que sí la tenía. Si Ana Faure quería encontrar al asesino de su padre, haría lo posible para que lograra su propósito.

Entonces le vino una idea.

Por el mismo atajo que les enseñó Lev, regresó hasta Vyšehrad y comenzó a pasear por los alrededores con una sola intención. Con las manos detrás de la espalda, silbaba un tema de Dvořák mientras entre dientes decía:

—No permitiré que le hagas daño a Ana ni a ningún otro, ¿sabes? Vamos, acércate y sabrás lo que es bueno.

Con un fingido aire despistado, como si el estar allí en plena madrugada fuera algo corriente para él, Cenek fue hasta la entrada del cementerio que se encontraba dentro de Vyšehrad, y trepando la verja que lo rodeaba se metió dentro.

Solo tuvo que esperar un par de minutos cuando escuchó algo detrás de él.

—Deja en paz a los demás y ven a por mí. Quiero saber si eres tan fiero como te pintan.

Se sentía tranquilo paseando entre aquellas tumbas, descanso final de las más grandes personalidades del país: Antonín Dvořák, cuyo tema seguía silbando; Bedřich Smetana, con quien compartía apellido; el diseñador Alfons Mucha; y escritores como Jan Neruda, Karel Capek o Kafka. Con un aire melancólico se dijo que le habría encantado conocer a Kafka.

Se giró al escuchar otro ruido y ante sus ojos apareció una sombra en mitad del camino. Unas bocanadas de humo tan grandes como nubes de tormenta se movían alrededor de una figura de la que no pudo ver sus rasgos, pero cuyo tamaño era similar al de algunos de los panteones del cementerio.

El hombre de humo estaba frente a Cenek.

—Tienes sed de sangre, ¿verdad? Demasiado tiempo sin acabar con la vida de alguien te desconsuela... Te pone nervioso y hace que pierdas los estribos... Está claro que lo tuyo es matar, y ni siquiera piensas en si mi muerte significará algo o no.

El gigante avanzó hacia él con unos pies que eran solo una negra niebla. Pero Cenek no se movió del sitio.

—Aquí me tienes. No voy a oponer ninguna resistencia.

Otro paso del hombre de humo; pero este más corto que el anterior.

—Ven hacia mí —dijo abriendo los brazos—. O es que si tus víctimas no huyen no sabes qué hacer.

La presencia del monstruo que tenía delante podía provocar que hasta el corazón más valiente quedase paralizado. El ser parecía haber sido creado a partir de los miedos más profundos e irracionales del hombre: la oscuridad, lo desconocido, la violencia, el dolor, la muerte. Cenek sentía un gran pavor, pero a la vez la indiferencia que sentía hacia todo le hizo analizar al engendro con ojos fríos. Decidió ponerlo a prueba.

—¿Y si soy yo quien se acerca a ti? —dijo al ver que el monstruo dudaba—. ¿Qué harás entonces?

Dio un paso al frente, acercándose y oliendo el olor a quemado que desprendía el gigante. El hombre de humo se movió hacia él de manera amenazante, pero su movimiento quedó suspendido, como si no supiera cómo proceder.

—No me voy a detener hasta traspasar el humo que te cubre. Tendrás que pararme si no quieres que te vea.

Avanzó más y los ojos empezaron a escocerle a causa del humo. Se los restregó, y el monstruo aprovechó ese instante para sacar algo de su cinturón: una bola de metal del tamaño de un pelota pequeña. El objeto emitía un olor a gasolina o a algún líquido inflamable.

—Venga, lánzame eso y hazme arder.

La forma del gigante se hizo aún más desmesurada. Las nubes que lo formaban se expandieron en todas direcciones. Estaba enfadado ¿Un ser hecho de pura maldad que se frustraba porque las cosas no le salían como querían?

Cenek se aproximó un paso más, el último, y se perdió entre el humo que lo envolvía todo.

—Quiero tocarte. Ver de qué estás hecho.

Estiró la mano y sintió en sus dedos un tacto metálico. El monstruo alzó la bola plateada sobre la cabeza de Cenek.

—Adelante —lo desafió—. Ana y Jean-Jacques Faure me agradecerán este acto. Yo seré tu perdición.

Y lo siguiente que el anticuario vio fue un océano de fuego cayendo sobre él y abrasándolo por completo.

—Nos ha dejado tirados —se quejaba Martín mientras volvían hacia Vyšehrad, después de un largo rato buscando a Cenek por las calles por donde se suponía que tenía que haber realizado sus pintadas.

—Puede que lo haya detenido la policía —opinó Erika—.

Bastien no dejaba de mesarse la barba.

—Me sigue resultando extraño el que ahora quiera ayudarnos. Como si parte de su pesimismo hubiera desaparecido y comprendiese el valor de los anteojos.

Con la mirada puesta en la fortaleza de Vyšehrad, Ana tuvo un mal presentimiento. Tenía el objeto de Volterra en sus manos, pero la noche cerrada y aquel apartado lugar le hacían sentir que lo más importante aún estaba por ocurrir. Ningún guardia de seguridad les salió al paso en su segunda incursión en el recinto. Ana sabía que Lev los había sobornado a todos para que hicieran la vista gorda; pero al pasear alrededor de la iglesia de San Pedro y San Pablo, fue como si todo ser vivo, tanto humano como animal, hubiera huido de allí. Cuando llegaron al cementerio un terrible olor les llenó al olfato, y la mala corazonada de Ana se extendió también a los ánimos Erika, Martín y Bastien.

Siguiendo aquel hedor, pasaron al lado de la tumba de Bedřich Smetana, y junto a ella encontraron el cuerpo de Cenek, o lo que quedaba de él. No se distinguían sus rasgos, teñidos de un negro uniforme que había borrado cualquier particularidad de su cuerpo o sus ropas. La imagen era tan horrible que tardaron en reaccionar

—No hay duda de quién ha sido el responsable — dijo Bastien, rompiendo el silencio.

Martín y Erika asintieron, pero sin osar nombrar al monstruo.

Ana recordó la visión del coche que vieron arder en el viaje a Nyons y comprendió que después de que Bastien le arrebatara el estilete, el hombre de humo usó contra aquellos jóvenes franceses el mismo arma que ahora había utilizado contra Cenek.

Se acordó también de los demás anticuarios asesinados. Cuántas muertes inútiles. Cuánto sufrimiento.

—Al final Cenek os ha hecho un favor, ¿no creéis?

Una voz apareció a unos pocos metros de donde se encontraban, reconociéndola Ana de inmediato.

Bastien, temiendo un nuevo peligro, se colocó delante de ella. Erika y Martín hicieron lo mismo.

—¿Quién eres? —preguntaron los tres casi a la vez.

Ana respondió por él.

—Es Aleksi Sibelius.

Con un mueca teatral, Aleksi los saludó. Su pelo blanco destacando en la noche. Después sus ojos quedaron fijos en Ana.

—Ahora solo tienes que ponerte los anteojos para saber la identidad del asesino.

Era evidente que Cenek se había sacrificado para ayudarlos. De ese modo, ya no era necesario volver a Nyons y mirar con los anteojos en dirección al puente donde el gigante de humo asesinó a su padre. Era como si el anticuario hubiera querido evitarle el horror de ver aquella escena, cambiando su puesto por el de Jean-Jacques, y que así consiguieran dar con el asesino. Cuando aún estaba cerca del lugar del crimen.

Había llegado el momento. Ana tomó los anteojos de Giordano da Volterra y se los puso.

CAPÍTULO 15

Tras las lentes, Ana vio el cementerio de Vyšehrad sin encontrar en él ninguna diferencia apreciable... salvo que los cuerpos de Erika, Bastien, Martín y Aleksi habían desaparecido.

—¿Qué ves, Ana? —escuchó decir a Erika. Sabía que estaba a su lado, pero los anteojos no la mostraban, como si con ellos estuviera viendo una cosa que había ocurrido en otro tiempo.

Una visión la dejó clavada en el sitio.

—¡Veo a Cenek! —dijo levantando un dedo—. ¡Está ahí mismo!

Sus amigos miraron en la dirección que les indicaba, pero allí no había nadie. Viviendo en una mezcla de pasado y presente, su cuerpo reaccionaba igual que si lo que veía estuviera sucediendo en ese instante. La historia que Lev les contó sobre su bisabuelo cobró mayor sentido. Vio a Cenek con las manos detrás de la espalda y los labios juntos, como si silbara, y pensó en Evžen y en las visiones que tuvo cuando visitó con las lentes puestas el campo de concentración donde fue retenido. Con los ojos fijos en una persona que sabes que está muerta, pero que contemplas viva, y consciente de que estás presenciando sus últimos momentos.

Los amigos de Ana deducían lo que observaba por sus movimientos, y el gritó que escucharon les dejó claro el instante en el que el hombre de humo hizo su aparición.

El terror que sintió cuando lo vio en Nyons regresó con todas sus fuerzas. Los anteojos daban una visión tan clara y perfecta de la situación que iba a desarrollarse, que en lo último en lo que uno pensaba era en cómo Volterra había fabricado unas lentes capaces de hacer eso. El poder de las imágenes era tan fuerte que uno simplemente se dejaba llevar.

Veía a Cenek mover la boca, pero no lo oía. Los anteojos solo registraban imágenes, no sonido. No entendía sus palabras, pero estaba claro que desafiaba al gigante sin aparentar ningún miedo. Venciendo la impresión inicial, se acercó más a ellos. Era capaz de analizar la acción desde cualquier punto de vista. Solo tenía que moverse en la dirección apropiada. Cenek se acercó al monstruo y quedó semioculto por el humo que salía de él.

—Métete dentro —escuchó decir a Aleksi—. Así atravesarás su camuflaje.

Una cosa era decirlo y otra hacerlo. No olía el apestoso aroma a quemado del gigante, pero eso no significaba que su presencia dejara de espantar. Se acercó justo cuando el asesino alzaba la esfera metálica por encima de la cabeza del anticuario, y penetró la capa de humo en el momento en que la bomba tocó el cuerpo de

Cenek y con una gran explosión su piel fue mordida por el fuego.

El brillo de las llamas cegó a Ana, a pesar de que no quemaba. El fuego calcinó a Cenek y lo dejó tirado en el suelo, en el lugar donde lo habían encontrado. La detonación fue tan potente y su expansión tan grande, que hizo que la onda de calor chocara no solo contra el anticuario, sino también contra el monstruo, hiriéndolo.

Ana vio sus formas a través del humo y el fuego.

Tal y como había deducido durante su primer encuentro, la piel del hombre de humo no estaba compuesta por carne, sino que era metálica, como si llevara puesta una armadura. Ahora podía verla de cerca: se trababa de un armazón de hierro que le cubría las piernas, los brazos, el torso y la cabeza. No se trababa de simples láminas colocadas a modo de protección, sino que estaban trabajadas con esmero, pulidas y decoradas con bellos arabescos, digna de un caballero medieval. Lo ilógico era su tamaño. Excesivo. Monumental. Creado para dar miedo. El humo servía para ocultar su figura y hacerla aún más terrible. Surgía de una máquina que funcionaba con carbón colocada en su espalda, y que expulsaba sus residuos igual que la chimenea de una locomotora. Desapareciendo poco a poco su turbación, Ana se aproximó aún más. De la máquina asomaban unos conductos que se conectaban a cada una de las extremidades y que servían para darles energía. Pero ¿quién las movía?

Al extinguirse la llamarada de la explosión, el hombre de humo retrocedió con apreciables quemaduras sobre su armadura. Aunque sin poner en peligro su funcionamiento, el calor consiguió derretir parte del armazón. Gotas de hierro fundido procedentes del pecho, del brazo derecho y de la cara cayeron sobre el suelo del cementerio.

Bajo el casco, Ana descubrió que no había nada. Estaba vacío.

Tuvo que bajar la mirada hasta la obertura que se había abierto en el pecho del gigante para comprenderlo todo.

Encontró unos ojos escondidos dentro del torso. También había una cabeza, unos brazos y unas piernas. Un cuerpo entero y de pequeño tamaño, que era quien movía al monstruo.

Un ser dentro de ser, que Ana reconoció.

—Salvador... —dijo ante la imagen que le mostraban los anteojos.

Martín reaccionó ante aquel nombre, el cual conocía.

Erika y Bastien también lo habían escuchado de boca de Ana, cuando les explicó sus visitas a varias tiendas de antigüedades en Alicante.

Aleksi era el único que no lo conocía, y fue el primero que habló.

—¿Quién es ese Salvador?

En la visión de Ana, el hijo de Enriqueta Benlliure, de estatura reducida, intelecto limitado y que se comunicaba a través de una sola palabra, hacía grandes esfuerzos por controlar los mandos que movían al hombre de humo, e intentaba esquivar el fuego que se abría paso a través de la armadura. La sorpresa de Ana dio paso con rapidez a un sentimiento de indignación y después de traición: la señora Benlliure, la persona que más le había ayudado en su investigación, y de cuyos labios escuchó por primera vez el nombre de Giordano da Volterra, era la responsable de los actos del hombre de humo, entre los que se encontraban los asesinatos de los anticuarios. Lo que más dolió a Ana fue que, habiendo conocido a su padre y considerándolo un amigo, utilizó a su hijo para acabar con su vida.

No sabía por qué la señora Benlliure había actuado así, ni cómo había logrado que su hijo acabara dentro de aquella armadura; pero viendo los gestos de miedo, angustia y desconcierto de Salvador al sentirse rodeado por el fuego, le quedó claro que solo era un instrumento de ella. En los ojos de Salvador, por encima del pánico a las llamas o al dolor, estaba el temor de sufrir una regañina de su madre.

Rabioso por el error que había cometido al acabar con Cenek, donde él mismo se había herido, Salvador, dentro del hombre de humo, escapó de la zona.

Ana quiso comprobar si los anteojos podían seguir al asesino allá donde fuera, o si su radio de acción tenía límites. Seguida por los demás, avanzó y la imagen de Salvador no desapareció. Era como si la marca de su crimen impregnara para siempre cada una de sus acciones, y los anteojos las interpretasen y mostrasen para que no tuviese escapatoria. Aquellas lentes no solo servían para revelar un crimen, sino también para castigarlo.

—No ha escapado del cementerio —dijo Ana, observándolo correr—. Se ha dirigido hacia allí.

Aunque de forma tenue, entre las lápidas se

distinguían gotas de hierro fundido procedentes de la armadura, que creaban un sendero.

Aleksi no las perdía de vista.

—Volterra ya ha hecho su trabajo —le dijo a Ana—. Ahora nos toca actuar a los demás.

Adelantándose a ellos, Aleksi se desplazó hasta un enorme panteón, al cual se subía por una larga escalera de piedra. Allí había visto moverse algo. No se escuchaba ningún ruido extraño, ni había rastro de humo ni de olor. Sin embargo, todo indicaba que estaba muy cerca. Cuando Ana llegó a la base de la tumba, le cortó el paso.

—Está ahí detrás —dijo con frialdad—. ¿Quién va a encargarse de él?

El corazón de Ana latía deprisa. Los anteojos de Volterra funcionaban. Tenía al alcance de su mano al asesino de su padre. Podía saber más sobre la relación entre Enriqueta Benlliure y Seppo Sibelius. Podía obtener su venganza. Pero se encontraba con más dudas que certezas.

Bastien, colérico al tener cerca al culpable de la muerte de su mejor amigo, sacó de su bolsillo el estilete que había pertenecido al hombre de humo y que le había arrebatado, y su forma plateada brilló en la noche.

Sin embargo, su mano temblaba.

Aleksi vio el arma de Bastien y la reconoció al instante: era una de las piezas de la colección de antigüedades de su padre. De niño había visto a Seppo restaurándola y convirtiéndola otra vez en el arma mortífera que había sido siglos atrás. Si le quedaban pocas dudas de que él era la mano que lo movía todo, ahora ya no tenía ninguna. Convencido de que Bastien no tendría el valor suficiente para utilizarla, se acercó hasta él y con un rápido movimiento se la arrebató de la mano. Antes de que Bastien pudiera reaccionar, Aleksi se dirigió al panteón.

—¡Espera! —gritó Ana, guardándose los anteojos en un bolsillo y yendo tras él.

Aleksi aguardó hasta que Ana lo alcanzó, y una sonrisa de orgullo apareció en sus labios.

—Parece que solo nosotros tenemos lo que hay que tener para enfrentarnos a nuestras decisiones. Yo juré destruir la Casa Sibelius, y tú vengar la muerte de tu padre. Ahora tenemos la oportunidad de cumplir ambos deseos.

Subieron las escaleras del panteón, cuya altura era de varias plantas y en su interior descansaban decenas de grandes nombres de la República Checa. Nada más rodearlo, se toparon con quien estaban buscando. Dentro de un mecanismo de hierro averiado encontraron a Salvador consciente aunque con una enorme brecha en la cabeza, intentando reparar la maquinaria con un destornillador. Sin embargo, confundido, no hacía más que darle golpes. Sin percatarse de que Ana y Aleksi estaban frente a él.

—Hola, Salvador —dijo Ana con un tono dulce, logrando que se girara y la mirara con los ojos muy abiertos—. Tranquilo...

—¡Bu! —exclamó él, intentando poner de nuevo en marcha al hombre de humo.

Un soplo de vapor emergió de la espalda del gigante, y aunque sus piernas no se movieron, sus brazos sí lo hicieron. Con una serie de movimientos repetidos miles de veces hasta ser comprendidos por una mente imperfecta como la suya, Salvador movió un brazo que pesaba varios cientos de kilos y los atacó. Solo la extrema rapidez de Aleksi, que apartó a Ana a un lado, evitó que el puño la golpease de pleno. Armado con el estilete de Bastien, propinó varias punzadas al brazo que atacaba. El abanico serrado que surgió del arma destrozó parte del la extremidad e hizo que una lluvia de chispas se elevara hacia el cielo. Luego el brazo se desgarró y cayó al suelo.

—Maldito engendro... —lo insultó Aleksi—. Que la Casa Sibelius haya tenido que recurrir a retrasados mentales como este para hacer su trabajo... Es indignante.

Salvador estaba atascado en el interior del gigante.

—¡Bu! ¡Bu! —gritó desesperado—. ¡Bu!

Aunque sabía que le sería difícil comunicarse con él, Ana pensó que un pequeño gesto, un simple asentimiento de Salvador, serviría para entenderlo.

—Escúchame, ¿ha sido tu madre quien te ha obligado a hacer esto? ¿Ha sido ella quien ha hablado con un hombre llamado Seppo Sibelius? ¿Sabe donde encontrarlo?

—¡Bu! ¡Bu!

—Estás perdiendo el tiempo —dijo Aleksi—. Este asesino es una de las marionetas de mi padre. Mucho mejor que cualquiera de las mías. Y esa Enriqueta Benlliure es solo otro eslabón de la cadena.

Ana no quería rendirse y siguió hablando a Salvador:

—¿Qué sentido tenía matar a los anticuarios? ¿Sibelius solo quería quedarse con sus Casas? ¿Tener más poder?

—¡Bu! —respondió Salvador sin poderse apreciar si era una afirmación o una negación. Con sus diminutas manos, el hijo de Enriqueta Benlliure buscó entre los engranajes del gigante y tomó un teléfono móvil.

Aleksi le mostró el estilete a Ana.

—¿Quieres hacerlo tú... o lo hago yo?

—Pero... —Ana no podía creer lo que Aleksi le proponía—. Si él en realidad... Salvador solo es...

Salvador marcó un número, se colocó el móvil en la oreja y sonrió mostrando sus dientes y sus encías al escuchar un tono al otro lado de la línea.

—Entonces está claro —dijo Aleksi Sibelius.

Llevó hacia atrás su brazo, y Ana vio cómo los ojos de Aleksi brillaban con un odio infinito. Delante de él no veía a Salvador, el hijo discapacitado de una vieja propietaria de una tienda de antigüedades, sino la representación de todo lo corrupto de la Casa Sibelius. Antes de que Ana pudiera detenerlo, el brazo de Aleksi se movió de nuevo, esta vez hacia adelante, y Salvador, absorto en la señal del teléfono, tan solo se dio cuenta de que estaba herido cuando Aleksi sacó de su cuerpo el estilete ensangrentado. Con un estertor tan corto como su propio tamaño, Salvador expiró y el móvil cayó al suelo.

Lágrimas recorrieron las mejillas de Ana. Enfadada consigo misma se las enjugó, porque por una parte sentía pena por la muerte del hijo de la señora Benlliure, pero por otra sintió liberación y consuelo, porque el asesino de su padre había tenido su merecido.

Y sin embargo, también sentía ira, porque Aleksi

lo había matado sin compasión.

Con la punta del estilete Aleksi Sibelius señaló el teléfono móvil.

—Alguien está hablando —dijo—.

Ana escuchó cómo una voz emergía del auricular. La voz de Enriqueta Benlliure.

—¿Salvador?, *fill meu, ets tu?* —dijo a su hijo—. ¿Estás bien? ¿Ha ocurrido algo?

El silencio hizo que se pusiera alerta.

—¿Quién está ahí? ¿Quién me ha llamado? No le habrás hecho algo a mi hijo, ¿verdad? ¡Él nunca haría daño a nadie por sí solo!

Ana tomó el teléfono.

—Enriqueta...

Oír la voz de Ana fue para la señora Benlliure la prueba definitiva de que algo iba mal. Significaba que la hija de Jean-Jacques Faure seguía viva. Que los anteojos de Volterra habían sido encontrados. Y que Salvador...

—¡Desgraciada, qué le has hecho a mi hijo! ¡Tú y tus amigos! ¡Haber venido a por mí en lugar de a por él! ¡Era un ser indefenso! ¡Solo hacía lo que yo le decía! ¡Era inocente! ¡Asesinos!

Los intentos de Ana de hablar con ella fueron inútiles.

—Ana Faure, tú eres la responsable de todo esto. Y juro que vas a pagar la muerte de mi hijo. —Hizo una pausa, como si hubiera dado con una idea—. Y ya sé de quién será la sangre que se derramará en su lugar.

Ana adivinó enseguida sus intenciones.

—Ella no, por favor... Ella está al margen...

—Mañana a medianoche te quiero ver aquí, en

Alicante, en mi tienda. Trae las lentes de Volterra. Si lo haces, tal vez lleguemos a un acuerdo por su vida.

—Enriqueta, no...

Pero la señora Benlliure colgó.

Ante el cadáver aún caliente de Salvador, Ana tembló presa de la agitación.

—¿Qué te ha dicho? —dijo Aleksi.

—Mi madre... La señora Benlliure quiere los anteojos de Volterra... o matará a mi madre...

Los alrededores de la plaza del Ayuntamiento estaban inundados de gente. Se cumplían once días desde la muerte de Jean-Jacques Faure, y el destino había querido que el veinticuatro de Junio, noche de San Juan, Ana estuviera en Alicante para evitar que su otro progenitor también muriera por culpa del invento de Volterra. A las doce en punto de la noche, una palmera de fuegos artificiales se lanzó desde el Castillo de Santa Bárbara, dando comienzo a la *cremà* de las hogueras que durante los últimos días habían adornado las calles de la ciudad, y que ahora serían pasto de las llamas. Entre ellas, la primera en arder sería la del ayuntamiento.

Fuego y humo perseguían a Ana en cada lugar que pisaba, pero Bastien, Erika y Martín no se despegaron de su lado, con una lealtad inmutable que la conmovía y preocupaba a un mismo tiempo. Caminaron entre el gentío hasta llegar a la tienda de antigüedades, justo en el momento en que la *Bellea del Foc* de ese año encendía la mecha que prendería la hoguera. Entre el ensordecedor ruido de los petardos, apareció también Aleksi.

En Praga le había dicho a Ana que también viajaría hasta allí, porque aunque su madre fuera la principal perjudicada, los anteojos, tal y como acordaron en su primera conversación, ahora eran suyos y no iba a permitir que Enriqueta Benlliure se los diera al jefe de la Casa Sibelius.

—Mi madre es lo único que importa, no tus negocios —le advirtió Ana—. Si Enriqueta se queda con los anteojos, será problema tuyo. Pero hasta que mi madre no esté a salvo, no voy a permitir que vuestras ambiciones la dañen.

Las primeras llamaradas surgieron de la hoguera, que brillaban a espaldas de Aleksi.

—Mis prioridades siguen siendo las mismas, pero no es mi intención que te quedes huérfana. Entremos y hagamos que las cosas salgan lo mejor posible.

Llamaron al timbre y la puerta se abrió de inmediato. Había miles de personas apelotonadas cerca de allí, pero todas miraban el fuego y nadie se dio cuenta de que cinco personas se adentraban en una pequeña tienda de antigüedades.

Su particular olor embriagó a Ana igual que cuando la visitó por primera vez. Se mantenía su aspecto de botica, solo que con muchas más sombras, causadas por la lámpara que había colocada sobre el mostrador y que era la única fuente de luz que iluminaba el local. En él distinguió a dos personas: de pie a Enriqueta Benlliure, y a su lado, sentada, a Isabel.

—Mamá... —dijo Ana llena de temor y culpa por haberla llevado hasta esa situación. Si no le hubiera ocultado sus viajes, si le hubiera advertido del peligro, nada de eso estaría sucediendo.

Isabel miró a su hija, pero no pudo responder porque llevaba puesta una mordaza. Sus ojos, sin embargo, se abrieron como si estuviera frente a una alucinación. Veía a Ana, pero no la reconocía. Era como si durante los días en que no la había visto hubiera cambiado. Su aspecto, su forma de mirar, e incluso sus gestos, no eran los mismos. Además, iba acompañada de unas personas que, salvo Erika, no conocía, y su extrañeza aumentó.

El rostro de Enriqueta estaba descompuesto. Iba vestida de luto, con los ojos hinchados por el llanto y el pelo revuelto, transformando su habitual aspecto jovial en uno viejo y demacrado.

—Veo que te acompaña tu banda de criminales —dijo con voz rota—. Me parece perfecto, así podré observar con atención a los responsables de la muerte de mi hijo, cuyo espíritu descansa ahora con el de mi marido.

Enriqueta negaba la realidad para no caer más en el abismo de dolor. Cualquier cosa para no sentirse responsable por el destino que había sufrido Salvador.

—¿Por qué lo hizo, Enriqueta? —le preguntó Ana—. ¿Por qué se alió con Seppo Sibelius? ¿Por qué no se detuvo cuando murieron los primeros anticuarios? ¿Por qué no paró cuando le llegó el turno a Jean-Jacques Faure, su amigo?

Enriqueta miró hacia el cartel que colgaba sobre las estanterías, el «BENLLIURE» colocado allí por su marido, de quien mantuvo hasta el apellido para que la tienda no perdiera un gramo de fuerza tras su pérdida.

—Cumplir el sueño de Vicentet fue la única manera que encontré para superar su muerte. Falleció decepcionado. Con un hijo que, por su condición, sabía que no podría seguir con la tienda, y una mujer con escasos conocimientos sobre antigüedades. Por eso, y aun con todo en contra, deseé conseguirlo. Convertir un negocio sin futuro en una respetada Casa. Pero pasaron los años, y a pesar de los esfuerzos todo permanecía igual...

—Hasta que apareció el gran y próspero Seppo Sibelius —dijo Aleksi.

Enriqueta miró al chico del pelo blanco y lo reconoció de inmediato.

—Sibelius me habló con tanto respeto de Vicentet... Conocía su trayectoria, sus deseos, sus zozobras, igual que si fuera un íntimo amigo suyo. Me dijo que quería ayudarme a mí y a Salvador. Que quería convertir esta tienda en una sucursal de su Casa Sibelius. Que los tiempos iban a cambiar muy pronto y había que decidir si se deseaba estar en el bando ganador. Después me explicó las condiciones del trato, pero en mi interior yo ya había aceptado antes de que pronunciara una palabra. Me dijo que para crecer, el resto de Casas debían menguar, y explicándomelo como la cosa más normal del mundo, me dijo que Salvador era el indicado para cumplir esa tarea. Sibelius conocía cada una de las antigüedades que poseía el Vicentet y se ofreció para transformar una de sus armaduras medievales en un artilugio que le serviría a Salvador para ejercer su tarea, y que además lo protegería de todo mal. Me dijo que no había nada que temer, y que él correría con todos los gastos.

Mientras se escuchaba a sí misma, el tono de Enriqueta cambió de una seguridad sin fisuras a una progresiva convicción de la locura que había cometido al transformar a su hijo en un asesino. Salvador era de natural miedoso, y la primera vez que vio a Ana, la reconoció como la chica que había atacado en Nyons. Pero al tenerla delante sin su disfraz, pensó que Ana se enfadaría con él y le propinaría unos azotes por su mal comportamiento, sin comprender que había estado a punto de matarla. Rechazando cualquier atisbo de culpa, a Enriqueta Benlliure solo le quedaba huir hacia adelante. Metió la mano debajo del mostrador y sacó de él una bola metálica, igual que la que Salvador había utilizado para matar a Cenek, solo que algo más pequeña.

—Dame los anteojos, Ana Faure, y todo acabará bien. Gracias a ellos esta tienda se convertirá en Casa. Tú recuperarás a tu madre. Y mi hijo y mi marido descansarán en paz.

—Antes necesito más información sobre Seppo Sibelius —dijo Ana—. ¿Cómo hablaste con él? ¿Vino a esta tienda?

—Sí. Tuvo la consideración de venir hasta aquí desde Finlandia, en una de las pocas ocasiones que sale de sus dominios. Seppo Sibelius es un gran hombre, un visionario que nos traerá prosperidad a todos. Hará que objetos como las lentes de Volterra sean de dominio público y puedan ser utilizadas por cualquiera, donde las Casas que le sean fieles fabricarán esos objetos para el bien común.

—Con qué facilidad os dejáis engañar —dijo

Aleksi, enervado—. La Casa Sibelius está liderada por un loco. Solo acabando con ella y refundándola podrá ser lo que fue, donde la destrucción de esos anteojos será el inicio de su renacimiento.

Enriqueta clavó su mirada en Aleksi.

—El señor Sibelius también me habló de ti. Eres su hijo.

—¿Cómo lo sabes? ¿Qué te ha contado de mí?

—Seppo, Jean-Jacques y yo. Tres ejemplos de unos padres desastrosos, que queriendo mantener a los hijos a nuestro lado, hemos conseguido todo lo contrario: que nos repudien, que no podamos verlos o que mueran. Pero detrás de nuestras ambiciones solo había un deseo: no perderos, y en eso también está incluido Seppo Sibelius. Aleksi, tu padre te quiere.

Aleksi quedó mudo y contenido, como una bomba a punto de estallar.

Ana sentía el odio de Aleksi ante lo que oía y no dejaba de mirar a su madre. No podía permitir que un arrebato la pusiera en peligro.

Bastien, Erika y Martín miraban la escena con la misma expectación.

Detrás de los cristales opacos de la tienda, se distinguía cómo el fuego de la hoguera había alcanzado su máximo esplendor. Un brillo amarillento que lo envolvía todo, junto a un calor asfixiante, donde miles de personas gritaban enfervorecidas junto a la misma puerta de la tienda.

Enriqueta no se separaba de la esfera metálica.

—Ana, dame los anteojos y recupera a tu madre. Aleksi, nada de lo que ocurre aquí te incumbe. Tus problemas son otros. Vete.

Pero Aleksi, con el pelo más erizado que nunca, y una mirada en la que se vislumbraba un pozo de rabia acumulada se movió, y Ana supo que era el fin de la frágil tregua que estaban manteniendo.

De una patada, Aleksi tiró la lámpara que había junto a la señora Benlliure y dejó la tienda a oscuras, quedando en el ambiente solo el reflejo de las llamas que había en el exterior.

—¡Mamá! —gritó Ana, lanzándose hacia el mostrador.

Enriqueta, asustada, creyó que Aleksi iba a atacarla.

Bastien cubrió con sus brazos a Martín y Erika.

—¡Agachaos!

La bola metálica chocó contra el suelo y una llamarada, grande como la lengua de un dragón, envolvió la tienda. Las estanterías, llenas de los diminutos objetos que poseía la señora Benlliure, empezaron a arder.

Con quemaduras marcando su piel, Ana llegó hasta su madre y al tocarla sintió la mayor de las felicidades. Estaba bien. Le quitó la mordaza; pero al mirar hacia la salida la vio obstruida por el fuego.

La espalda de Bastien salvó de todo daño a Erika y Martín, pero destrozó su chaleco. Herido, Erika y Martín lo arrastraron hasta la puerta, que abrieron de una patada.

Largas llamaradas salieron fuera de la tienda, confundiéndose con las que todavía refulgían en la hoguera. Una ráfaga de viento entró en el interior, y antes de que el fuego se volviera más intenso, despejó la visión que Ana tenía de la tienda.

Agarrada la una a la otra, Ana y su madre consiguieron salir, quedando tumbadas junto a Erika, Martín y el cuerpo inconsciente de Bastien. La gente, al ver aquellas segundas llamas, empezó a correr despavorida. Los bomberos, concentrados en la hoguera, ignoraban el incendio.

—¡Que alguien los llame! —gritó Ana, palpándose los pantalones y comprobando que había perdido los anteojos—. Debo entrar de nuevo. Aleksi y Enriqueta siguen dentro junto a las lentes.

—¡No! —exclamó Isabel, pero no pudo evitar ver a su hija perderse entre las llamas.

El mostrador de la tienda era ahora una brasa incandescente y Ana encontró a Enriqueta cerca de él, tirada en el suelo y con quemaduras en brazos y piernas. Con todas las fuerzas que consiguió reunir, la alzó y la llevó a cuestas hacia la salida, cuando vio una sombra caminar en medio del fuego.

—¡Aleksi! —gritó Ana—. ¿Qué haces? ¡Olvida los anteojos!

Como si estuviera dentro de un sueño, Aleksi recorría con calma la tienda. Había visto un brillo cuando Ana saltó en busca de su madre y tanteaba cada objeto con el que se cruzaba por si eran las lentes de Volterra, abrasándose los dedos con cada intento.

Ana gritó varias veces su nombre, pero no la oyó. Sacó a Enriqueta, que había perdido el conocimiento igual que Bastien; pero cuando fue a entrar de nuevo a por Aleksi las llamas avivaron, haciendo imposible entrar. Solo le quedaba su voz para convencerlo.

—¡La esperanza para la Casa Sibelius no son esas

gafas! —gritó—. ¡Lo eres tú! ¡No acabes igual que tu antepasado! ¡Si mueres ahí dentro, será tu padre quien triunfe! ¡No lo permitas! ¡Sal, por favor!

Transcurrieron unos segundos que para Ana fueron tan largos como años. Vio acercarse a los bomberos, y Erika y Martín llamaron a una ambulancia para socorrer a Bastien y Enriqueta. Su madre estaba junto a ellos, apartando a la gente que corría de un lado para otro y que amenazaba con pisarlos.

Se colocó a su lado temiendo lo peor, cuando vio a Aleksi salir de la tienda con la misma calma con la que había registrado su interior. Portaba algo en la mano.

Al acercarse a él observó que su rictus era de intenso dolor. Tenía quemaduras por todo el cuerpo, aunque sobre todo en las manos. De entre los dedos le caía un líquido espeso y transparente. Sonriendo, abrió la mano y le mostró una masa informe y candente, que palpitaba sobre ella. Eran los anteojos de Volterra, con la montura y las patillas formando un todo indistinguible.

—Ahora podemos estar seguros de que nadie más los tendrá —dijo Aleksi.

Y dejó caer las lentes fundidas al suelo.

Ana sintió un profundo alivio, tanto por saber que el objeto había quedado destruido como, sobre todo, porque Aleksi seguía con vida. Sin pensarlo dos veces lo abrazó, sintiendo un enorme vértigo cuando él le devolvió el gesto.

Aleksi y Ana se miraron, y ella recordó lo que Bastien le había dicho en Praga. La intuición que tenía respecto a sus sentimientos, y Ana Faure admitió que tenía razón: sentía algo por Aleksi. Tal vez era por sus orígenes tan parecidos, ambos descendientes de dueños de Casas. O por los problemas que habían tenido con sus padres. O que durante un tiempo habían sido competidores en la búsqueda de los anteojos de Volterra. El caso es que lo veía como alguien especial. Y él, quizá, también sentía lo mismo por ella.

Llegaron dos ambulancias al mismo tiempo que los bomberos dirigieron sus mangueras hacia la tienda de la señora Benlliure. Más sosegada, la gente se agolpó alrededor de la misma, obviando la hoguera del Ayuntamiento, que se tambaleó y cayó sin que nadie le prestase atención.

En el suelo, los restos del objeto lanzado por Aleksi brillaron incandescentes un instante y después se apagaron. Y en el aire solo quedó flotando una fina columna de humo.

Jean-Jacques Faure fue enterrado en el cementerio de Alicante tres semanas más tarde.

Tras una apresurada investigación policial que, como supuso Ana, no llegó a nada, el cuerpo pudo ser repatriado sin problemas. Mientras paladas de tierra cubrían su féretro, Ana y su madre se miraron y llegaron a la misma conclusión: habían pasado tantos años sin la presencia de Jean, que ahora deseaban tenerlo lo más cerca posible; y compartían la sensación de que él también estaría contento de regresar junto a ellas.

Junto a la tumba también estaban Erika, Martín, Bastien y Enriqueta Benlliure que, aunque aún convaleciente de sus heridas, quiso estar presente. Era lo mínimo que podía hacer ante el arrepentimiento que sentía por sus actos. Había permitido que su hijo matara a Jean y, si bien sabía que no podría recomponer su vida, agradeció a Ana que le permitiera vivir en paz sus últimos años de vida.

Erika guardaba silencio y pensaba en lo que había significado para ella aquella aventura, donde el que hubiera llegado a su fin le suponía una cierta decepción. Ahora volvería junto a sus ignorantes padres y no podría compartir nada con ellos. O tal vez podría hacerlo, pero sin mencionar las Casas de antigüedades, ni a Volterra, ni al hombre de humo... Esos eran secretos que solo compartiría con sus amigos, y gracias a ellos el grupo permanecería unido aunque no se vieran. O al menos esa era su esperanza.

Martín, en cambio, deseaba estar en otra parte. Era el único que no había conocido a Jean-Jacques Faure con vida y estaba convencido de que nadie echaría en falta su presencia si no hubiera aparecido por allí. Sobre todo Ana.

Sabía que la culpa de no haberse acercado más a ella era solo suya. Como un caballo que comienza la carrera a toda velocidad, pero después se cansa y termina en último lugar, así veía su relación con ella. De la atracción mutua que ambos sintieron al conocerse, a un distanciamiento que se acentuó la noche del incendio en la tienda de la señora Benlliure. Aquel abrazo a Aleksi Sibelius hizo que todas sus oportunidades se evaporaran. Volvería a la biblioteca, lugar donde se encontraba más seguro, y de donde nunca debió haber salido. Allí permanecería sin volver a inmiscuirse en nada... Salvo si la chica de la que no quería separarse le enviara un mensaje pidiéndole información sobre alguna antigüedad. Igual que la primera vez.

Bastien se secaba las lágrimas y sentía un gran alivio al ver a su amigo al fin descansando y junto a su hija. Por su parte, no sabía qué hacer. Tras siete años en el mundo de las antigüedades y en un voluntario exilio en Francia, quería tomarse un descanso. Había pensado pasar un tiempo en León, su tierra, y ver a antiguos amigos, donde las últimas noticias que tenían de él es que había agarrado una de sus habituales cogorzas y la policía lo había encontrado bailando sin ropa en la plaza de la catedral. Quería demostrarles que era otra persona. Invitaría a su casa a Ana, Martín y Erika y les cocinaría una buena cachelada, y brindarían —con alguna bebida sin alcohol— por un tipo que había nacido hacía más de ochocientos años, que había inventado cierta cosa y que gracias a él se habían conocido. A tu salud, V.

La cabeza de Ana, al contrario de la de sus compañeros, estaba vacía de pensamientos. Pese a que sabía que el dolor por la muerte de su padre jamás desaparecería, el malestar por no poder hallado a quien lo había matado se había calmado. En su lugar llegaron otras sensaciones que abrieron nuevos caminos. La carrera de Derecho era una cosa del pasado. No regresaría a la facultad. En realidad, era como si nunca hubiera estado allí, no quedándole ningún recuerdo de aquellas clases. Ese tiempo había sido la necesaria peregrinación hasta llegar a donde estaba ahora. Sus siguientes pasos solo dependían de ella.

Dentro de la palma de su mano no dejaba de darle vueltas a un objeto. Era la llave de reloj que abría la tienda de su padre. Ahora era de su propiedad. Podía hacer con ella lo que quisiera: venderla, traspasarla a otro anticuario o simplemente cerrarla y que nadie salvo unos pocos supieran de sus misterios. Opciones que le parecieron demasiado egoístas. La tienda, como el ave Fénix que presidía su entrada, no podía morir. Solo transformarse.

Apretó con fuerza la llave y con voluntad renovada tuvo clara su primera decisión.

La Casa Faure volvería a abrir sus puertas.

EPÍLOGO

La aurora boreal era lo que más echaba de menos de aquel paisaje, pero sabía que esa noche no aparecería. Era verano y el sol, bordeando el horizonte al atardecer, no llegaba a ponerse, sino que se elevaba de nuevo en un día sin fin. De manera lenta y silenciosa, caminaba por un sendero que no estaba cubierto de nieve. A pesar de la buena temperatura —cinco grados—, su piel tenía un tono azulado y llevaba un anorak con la capucha echada sobre la cabeza.

Caminaba con rumbo fijo. Sabía a dónde se dirigía. Siempre lo había sabido. Su infancia había transcurrido allí; y las puertas del castillo habían permanecido abiertas para él en todo momento. Encontró el lugar tan vacío y muerto como lo recordaba. Salas inmensas aparecían con cada paso que daba, con unos techos tan altos que costaba distinguir su final. Sabía que no encontraría a nadie allí, salvo a quien iba a ver. Lo encontró de espaldas frente a un gran ventanal, fascinados por los movimientos del sol de medianoche. Un escalofrío recorrió a Aleksi al ver a su padre.

Con un penoso esfuerzo se acercó a él. No quería hablarle, sino solo actuar. Se metió una mano en el bolsillo, pero se detuvo cuando Seppo Sibelius se giró. Un simple cruce de miradas les bastó para contarse todo lo que había sucedido en los seis años en los que no se habían visto. Su padre irradiaba el mismo desprecio hacia él que el día que se marchó, pero si ahora estaban el uno frente al otro es porque había sucedido un cambio. Los métodos de su padre se habían endurecido. Había ordenado la muerte de varios anticuarios. Había destruido sus Casas. Había utilizado al hijo retrasado de una anciana como asesino... Pero también había hablado sobre él con Enriqueta Benlliure, ordenándole que Salvador no le hiciera ningún daño a su hijo si se cruzaba con él.

Extrajo el objeto que llevaba en el bolsillo y el brillo que desprendió hizo que su padre se pusiera alerta. Quería asustarlo. Quería que temiera por su vida. Para después comprobar cómo le invadía la sorpresa.

Abrió la palma de la mano, llena de cicatrices causadas por las quemaduras que había sufrido en la tienda de la señora Benlliure, y le mostró los anteojos de Volterra.

La cara que puso su padre superó todas sus expectativas.

Durante el incendio, Aleksi vio caer las lentes del bolsillo de Ana y aprovechando el caos las recogió del suelo. El tiempo que luego estuvo en el interior lo pasó buscando un objeto que sirviera para engañarla y hacerle creer que se habían destruido. Dio con la solución gracias a un par de botellas de perfume, cuyos cristales y tapones de cobre, fundidos en su mano, daban la impresión de unas gafas derretidas.

Lo hizo porque si el hombre de humo le había perdonado la vida en Nyons, solo podía significar una cosa: a su padre su destino todavía le importaba. Lo había comprendido gracias a Ana, a la que tanto debía, y por la forma en que Jean-Jacques Faure, a pesar de sus errores, nunca había dejado de pensar en su hija.

Seppo Sibelius giró la vista hacia uno de los rincones de la sala, y Aleksi vio que había cientos de objetos amontonados. Se trataba de las posesiones de las Casas que su padre había *adquirido*. Todas bellas, aunque ninguna comparable con la que le entregaba su hijo.

Sibelius tomó los anteojos y se los guardó en el bolsillo, como si carecieran de valor. Abrió un brazo e invitó a su hijo a que se acercara. Tembloroso, Aleksi avanzó recordando la época en la que era un niño, antes de que las antigüedades lo absorbieran todo, cuando la unión con su padre era más fuerte. Al apoyarse en su pecho, Seppo le susurró algo y las barreras con las que había buscado protegerse de su influencia se derrumbaron.

—Te quiero, padre —dijo sollozando Aleksi, abrazándolo.

Seppo, en silencio, lo arropó con más fuerza entre sus brazos.

La Casa Sibelius volvía a ser una, y ahora sería indestructible.

YA A LA VENTA
LA TIENDA SECRETA 2: MISTERIO EN ROMA
BÚSCALA EN AMAZON.

E-MAIL DEL AUTOR:
eugenprados@gmail.com

Made in the USA
Columbia, SC
10 January 2021